기억과 기억 사이에서,
기억되기를 :)

2024 가을 단아☺

담장 너머 버베나

단요

위즈덤하우스

차례

폐가 앞에 모인 소년들은 열다섯에서 열일곱 사이로, 학교를 취미처럼 심드렁하게 다니는 부류였다. 집에 들어가서 얌전히 잠드는 것도 소년들에게는 취미였다. 마찬가지로 그들의 부모는 자식이 하루 이틀쯤 보이지 않더라도 일절 관심이 없었으며, 만약 걱정한다면 경찰서에서 연락이 올 가능성 때문이었다. 경위를 떠나 결과적으로는 가정에 화평이 찾아온 셈이었다.

문제는 밖에서 나다니는 데에 돈이

필요하다는 사실이었다. 언제나 돈 쓸 일이 새롭게 생겼다. 완전히 적자였다. 소년들은 부잣집 애들이 다니는 학교 근처에서 돈을 벌어보기도 했지만 그게 일종의 가불한 빚임을 깨닫고 그만두었다. 경찰들이 수금원 역할을 도맡아 집 문을 두드렸던 것이다. 덕분에 아버지들은 간만에 아버지 노릇을 해야만 했고, 다들 최소한 일흔 대씩 얻어맞았다.

소년들은 못된 짓을 멈췄지만 집에 들어가는 일은 더더욱 고역이 됐다. 삶이 단단히 잘못되어가는 중임을 알면서도 방향을 돌리지 못하는 데에는 이유가 있는 법이다. 자신을 빤히 바라보다가 쯧 소리를 내는 아버지나, 어머니 앞에서 깔깔 웃다가 자신을 보자마자 뚝 멈추는 여동생이나, 불청객이라도 본 것처럼 짖어대는 개 따위가 그런 이유였다. 소년들은 가족을 비웃는

척했지만 내심 슬펐고, 정말로 혼자다 싶을
때는 울면서 어린 시절을 추억하기도 했다.
그때는 강아지가 고분고분했다.

하지만 이제 와서 뭐 어쩌겠는가?
회심하기보다는 폐가를 아지트로 삼는 편이
더 쉽다. 물론 잠긴 문을 뚫고 들어가기
위해서는 고민이 필요하겠지만 그건 도전해볼
문제다.

❖

2층짜리 벽돌집과 정원으로 이루어진
폐가는 산기슭으로부터 내려오는
사유림(私有林)의 일부가 되어 있었다.
조경수들은 말라 죽은 지 오래였고, 갖가지
덩굴식물들이 줄기를 휘감은 채 잎사귀
흉내를 내는 중이었다. 그 밑에는 숲의
큰키나무들을 이기지 못하고 도망 나온

잡초들이 빼곡하게 우거져 있었다. 그들 각각은 정교한 오르골의 톱니바퀴처럼 맞물리며 삶과 죽음을 재연했다. 얕게 뿌리 뻗은 것들이 가장 먼저 죽었고, 비가 내린 뒤에는 새싹이 그 위로 고개를 내밀었으며, 이 모든 일은 겨울이 끝나자마자 시작되어 겨울과 함께 끝났다. 숲의 주인이 누구인지, 애당초 숲에 주인이 있기나 했는지를 모두가 잊어갈 무렵부터 그런 순환이 매년 반복되었다.

다시 겨울의 초입이었고, 그중에서도 저녁이었다. 노을에 파묻힌 잎사귀들은 너무 오래 끓인 탓에 무채색으로 변해버린 양배추 같았고 철판으로 막힌 1층 창문은 훨씬 을씨년스러워 보였다. 밝을 때부터 꺼림칙한 느낌이 있긴 했지만 이제는 가까이 가기조차 두려웠다. 소년들은 벽돌집으로부터 쉰 걸음쯤 떨어진 자리에 옹기종기 쭈그려 앉은 채, 곁눈질로 담장 너머를 힐끔거리고 있었다.
마음껏 밤새울 장소가 필요한 것과는 별개로
폐가 탐험은 밝을 때 하고 싶다는 것이 솔직한
심정이었다. 게다가 슬슬 추웠다. 엄마의
눈빛이 아무리 싸늘하더라도 지금 불어오는
바람만큼은 아니었다.

"모닥불이나 좀 만들어보자. 이러다가
얼어 죽겠어."

"말도 안 되는 소리를. 여기서 불씨가 잘못
옮겨붙었다간 끝장나는 거야."

"네가 그런 걱정도 하는 줄은 몰랐다, 야.
아무 생각도 안 하고 사는 줄 알았는데."

"뭐?"

"산불을 걱정하려면 담배부터 끄란
말이야."

"새끼야, 담뱃불이랑 모닥불이 같냐?"

"야, 말 잘했다. 담뱃불로 산불이 나는지
안 나는지 한번 보자. 저기 던져봐."

"너나 많이 던져라."

대화는 사사건건 충돌했지만 말싸움으로
번지기에는 열의가 없었다. 앞문과 뒷문은
완전히 잠겼거니와 1층 창문을 둘러싼
철판을 뚫으려면 전기톱이라도 있어야
할 듯했다. 창고 역할을 하는 별채에는
자물쇠가 단단히 걸려 있었고, 나무 골조로
짜인 헛간은 거의 무너진 탓에 건물이라
부르기도 민망스러웠다. 폐가를 아지트로
삼겠다는 계획은 사실상 글러먹은 셈이었다.
그러니까 이만 포기하고 집에 갈 수 있다면
얼마나 좋을까? 소년들은 그런 제안을
꺼낸 녀석을 겁쟁이라며 실컷 비웃은 다음
홀가분하게 일어설 준비를 마음속으로나마
마친 상태였지만, 희생양이 나타나지 않았다.
스스로가 놀림거리로 전락하는 상황을
피하려 하면서도 남을 놀림거리로 만드는
즐거움은 놓치지 않으려는 것은 소년들의

고질병이었다. 수많은 문제가 거기에서
시작되었다.

"어쨌든 들어갈 방법이 있긴 할 거야. 뒷문
근처에, 쓰레기 자루가 잔뜩 쌓여 있었잖아.
풀이 눌린 자국도 있었고. 누가 드나들긴 하는
거야."

덩치 큰 소년이 주제를 돌렸다. 반박이
따라붙었다.

"근처에 사는 사람이 쓰레기 버리러 온 거
아니야?"

"여기까지 와서 쓰레기를 버린다고?"

"수거차에 실어 보낼 만한 물건이 아닌가
보지. 한번 뜯어볼래?"

"야, 됐어. 그러면 진짜 위험한 거잖아."

다른 소년이 고개를 설레설레 저었고, 또
다른 소년이 히죽거리며 농담을 던졌다.

"겁이라도 먹었냐?"

"괜한 문제 만들지 말자는 거야."

"폐가에 몰래 들어가는 건 괜찮은 일이고?"

"그나저나 2층 창문은 안 막힌 것 같은데."

"그래봤자지. 저기까지 올라가려면 사다리라도 가져와야 할걸."

"여기서 동네 근처까지 한 30분 거리지. 사다리를 들고 30분 넘게……."

"나무를 타고 올라가보는 건 어때?"

"말라 죽었잖아. 저런 나무는 밟기만 해도 부러진다고. 싱싱한 거랑은 완전 달라."

"그래도 가지가 꽤 굵은데."

"여러 명이 지나가도 버틸까?"

"한 명만 들어가면 돼. 앞문이든 뒷문이든 안쪽에서는 열릴 테니까."

"그러면 직접 해보지 그래?"

"아무리 그래도 난 어렵지. 몸무게가 있는데. 소목, 네가 하는 게 좋겠다."

모두의 시선이 줄곧 침묵을 지키던

소년에게로 향했다. 유난히 작고 말라서,
겨울 외투를 입었다기보다는 옷 더미에
몸을 파묻고 걸어 다닌다는 인상을 주는
녀석이었다.

"내가?"

"여기서 제일 작고 가벼운 게 너 아니냐."

이곳저곳에서 킥킥대는 웃음소리가
튀어나오자 소목의 표정이 순간적으로
구겨졌다. 열세 살 때까지만 해도 소년을
그런 식으로 대하는 사람은 한 명도 없었다.
건장한 체격은 아니었으나 작지도 않았고,
싸움은 누구보다 잘했다. 그때는 그것만으로
충분했다. 하지만 소목의 키는 3년째
제자리걸음이었으며 몸은 점점 말라갔다.
아무리 많이 먹더라도, 심지어 간 소고기를
우유와 섞어 마시더라도 마찬가지였다.
험상궂은 표정을 만들거나 괜한 고함을
내지르는 재능은 여전했지만 키가 그렇게나

작은 이상 아무 소용이 없었다.

그 상태로 시간이 흐르면서 소목에게는
두 가지 태도가 새롭게 자리 잡았다. 심드렁한
척 앉아 있다가도 자신이 나설 기회만 생기면
구세주라도 된 것처럼 뻐겨대는 것이다. 물론
다른 소년들이 선심 쓰듯 던져주는 기회에는
조롱의 뉘앙스가 섞여 있었으며 열세 살
시절의 영광은 되찾을 길이 없었지만, 모멸의
감각은 섬광처럼만 지나갔다. 불쾌한 티를
내며 덤벼들어봤자 패배를 인정하는 일밖에는
되지 않았다. 소목은 얼굴에서 불쾌한 기색을
싹 지우고는 웃었다.

"좋아, 손전등이나 줘봐. 5분 안에 끝내줄
테니까."

소목은 모직 외투를 벗은 뒤 건네받은
손전등을 바지 주머니에 쑤셔 넣었다.
왁자지껄한 환호성이 바람에 부푸는 불길처럼
솟아올랐다가 이내 사그라졌다. 거기에

진심이 얼마나 섞였는지는 긴가민가했지만
소목은 기분이 좋아지긴 했다. 그런 분위기에
휩싸이면 비로소 살아 있는 느낌이 들었다.
악몽의 여운으로부터 풀려나 아침 공기를
들이마실 때처럼.

2층 발코니를 향해 가지를 뻗은 조경수가
하나 있었다. 큰 줄기가 무릎 높이에서 슬쩍
꺾이며 사선으로 기울어진 모양새였다.
소목은 나무옹이를 발판 삼아 굵은 가지를
붙잡았고, 힘주어 몸을 끌어 올렸다. 그런
움직임을 두어 차례 반복하자 나무줄기가
더 높이 뻗어가기를 멈추고 가지들이 제각기
다른 방향으로 갈라지는 자리가 나타났다.
소년 하나쯤은 너끈히 들어앉을 만한
공간이었다. 잠시 숨을 돌린 소목은 다음
행선지를 살폈다.

발코니 가까이 뻗은 가지들 중에서
몸무게를 감당할 만큼 견고해 보이는 것은

하나뿐이었다. 그마저도 안심하긴 어려웠다.
생기를 잃고 메마른 가지들은 쉽게 부러졌다.
천천히 심호흡한 소목은 거의 도약하듯이
가지를 박차 올랐다. 얇은 빙판 위를 내달리는
듯한 아슬아슬함이 발밑을 잠깐 스치더니
왼손에 테라스 난간 기둥이 잡혔다. 몸 전체를
울리던 긴장이 일순간 가라앉았다가 다른
종류의 흥분으로 변했다. 눈앞에 창문이
있었다.

　　몸을 마저 끌어 올린 소목은 테라스
바깥쪽에 매달린 상태로 기둥 사이에 발
하나씩을 끼워 넣었다. 그러고는 주머니에서
손전등을 꺼내 테라스 안쪽을 비췄다.
테라스의 폭은 작은 화분 몇 개만으로도
가득 찰 만큼 좁았다. 바닥 타일이 깨진
자리에는 흙먼지가 가득 끼어 있었는데,
거기에 뿌리 박힌 잡초들과 화분에서 뻗어
나온 잡초들을 분간할 수 없을 지경이었다.

소목은 괜히 발끝으로 화분을 건드려보다가
창가에 손전등을 비췄다. 물때 낀 유리창
너머에 잿빛 어둠이 있었다. 그것뿐이었다.
커튼으로 실내 전체가 가려진 듯했다. 그
안쪽을 상상해보려는 찰나 밑에서 질문이
날아들었다.

"안 열려?"

"기다려봐!"

크게 소리친 소목은 창틀 가장자리의
위치를 기억에 담고는 손전등을 주머니에
넣었다. 둥글고 흰 빛이 사라지면서 그늘과
노을이 함께 테라스로 밀려들었다. 꺼져가는
저녁놀 특유의 갈색빛은 그림자와 거의
구분되지 않았다. 소목은 눈이 다시 어둠을
받아들이기를 기다렸다가 팔을 쭉 뻗어
창틀을 붙잡았다. 부스러진 페인트 조각과 녹
가루가 포장지처럼 벗겨져 나왔다. 이대로
밀면 쑥 열릴 듯한 예감이 들었다. 정말로

그랬다. 창문은 삐걱거리지도 막히지도 않고 부드럽게 미끄러졌다.

창이 열리자 커튼이 훨씬 밝게 느껴졌다. 부드럽게 너울거리는 잿빛 천은 안개 낀 새벽하늘을 그대로 떼어 온 듯 희미하게 빛나고 있었다. 손전등을 꺼내려던 소목은 빛의 정체를 깨닫고 멈칫했다. 안쪽에 누군가가 있었다. 아마도 뒷문 근처에, 산더미처럼 쌓인 쓰레기 자루의 주인일 사람들이…… 하지만 아무 일도 없었던 것처럼 창문을 닫고 돌아가기에는, 늦었다.

커튼을 확 열어젖히자 날카로운 빛이 샴페인을 터뜨리듯 눈앞에서 폭발했다. 소목은 반사적으로 눈을 질끈 감았다 떴다. 천장 조명은 간소한 샹들리에에 가까운 형태였는데, 백열전구의 절반가량은 완전히 망가져 있었고 나머지 절반은 이상하리만치 형형하게 빛났다. 다른 생각을 할 겨를도

없이 두 눈이 방 안의 광경을 머릿속에 던져
넣었다.

얼룩지고 빛바랜 사진을 몰래 훔쳐보는
듯한 공간이었다. 고풍스러운 가구들은
반질반질하게 닦였지만 벽지는 이곳저곳에
곰팡이가 끼어 있었다. 천장 귀퉁이마다
거미줄이 레이스처럼 늘어져 있었고, 공기는
먼지가 손에 잡힐 것처럼 탁했다. 침대에는
모슬린 잠옷을 입은, 늙고 마른 여자가 말에
올라탄 듯한 자세로 주저앉아 무언가를
짓누르고 있었다. 그 발치에 주름진 손이
삐져나온 것이 보였다.

그러니까 침대에는 두 명의 노인이 있는
셈이었다. 누운 쪽의 얼굴은 여자의 구부러진
등줄기에 가로막혀 보이지 않았다. 오직
손뿐이었다. 손이 이따금 떨었다. 떨림과
떨림 사이의 간격은 점점 좁아지다가 완전히
사라졌고, 이내 발작에 가까운 움직임이

나타났다. 그리고 멈췄다. 그 모든 동작이
시작되어 끝날 때까지 여자의 등은 엄숙할
정도로 경직된 자세를 유지했다. 소목은
생각했다.

도대체 뭘까?

이건 늙은 연인의 밀회 따위가 아니었다.
이 순간의 공기에는 그보다 더 섬뜩하고
잘못된 무언가가 깃들어 있었다. 여자가
자세를 바로잡으면서 등에 가렸던 것들이
서서히 드러났다. 여자의 두 손이 있었고,
두 손 아래에 축축하게 젖은 수건이 있었고,
수건 아래에 그늘이 있었고, 그늘 아래에는
경악으로 부릅뜬 눈이 있었다. 늙은 남자였다.
살갗은 밀랍 인형처럼 미끈하게 덩어리진
느낌이었고, 에나멜 코팅만큼이나 진득한
침이 입가에 번들거렸다. 도무지 살아 있는 것
같지 않았다.

무언가에 홀린 듯 그 얼굴을 바라보던

소목은 문득 또 다른 시선을 깨닫고 고개를
돌렸다. 침대에 누운 것과 똑같은 표정이
자신을 응시하고 있었다. 벌어진 입술
너머의 구멍이 검고 깊었다. 그 구멍으로부터
울부짖음에 가까운 비명이 솟아 나왔다.
현기증. 손에 힘이 풀리면서 몸이 휘청
기울었다. 시야가 거꾸로 뒤집혔고 시간
감각도 흐릿해졌다.

바닥에 몇 번쯤 굴렀던가? 이렇게
드러누운 지 얼마나 됐지?

어느덧 노을이 완전히 흩어지더니 세상이
훅 어두워졌다. 소목이 정신을 차렸을 때 다른
녀석들은 도망간 지 오래였다. 소년은 열린
창문을 다시 올려다볼 생각조차 하지 못하고,
그대로 쭉 내달렸다. 죽은 남자의 얼굴과
여자의 표정이 발걸음마다 따라붙으면서
오래된 기억을 끌어왔다. 열한 살 때였다.

❖

　소목의 열한 살 여름방학은 다사다난하면서도 흔했다. 모범생이었던 형이 계곡에서 죽었다. 그 사건이 일어났을 때 나머지 가족은 집에 있었으므로, 형은 빠르게 잊혔다. 방의 가구를 싹 들어내 서재로 바꿨고 옷은 소목이 물려받았다. 가족사진에는 형이 드문드문 남아 있었지만 그 얼굴을 마주할 때의 애틋함은 잃어버린 수표에 대한 아쉬움과 비슷했다. 운 나쁜 가정에서 한 번쯤 일어나는 일이 그들에게도 일어난 것이다.

　한편 여름방학이 끝나자 학교 수업에 새로운 교과가 추가되었다. 기억학이었다. 비록 2학기 시간표와 교과 배분은 학년이 시작되기도 전부터 정해져 있었지만, 3주 전에 형제를 잃은 소년에게는 공교로운 일이었다. 뚜벅뚜벅 교실로 걸어 들어온

기억학 담당 교사는 칠판의 왼편에
기억이라는 낱말을 썼다. 그러고는 아이들을
안심시키려는 듯한 웃음과 함께 운을 뗐다.

"자, 당연하지만 이 수업에서는 기억에
대한 걸 배운다. 그런데 기억이라는 게 정확히
뭘까?"

"뭔가를 아는 거요."

아이들이 대답했다.

"단순하게만 이해하면 그렇겠지. 하지만
이 과목에서는 훨씬 자세한 내용을 다룰 거다.
일단 기억이란 정신의 작용이야. 상자를 열어
물건을 넣듯이, 머릿속에 지식이나 감상이나
경험 따위를 담는 일이지. 그리고 상자에서
물건이 빠지는 것처럼, 이렇게 담긴 지식들은
사라지기도 한다. 너희들도 분명히 외웠던
내용이 떠오르지 않아서 시험을 망친 적이
있지?"

"네."

"이런 걸 망각이라고 한다. 종종 부작용이 생기기도 하지만, 망각은 인간이 스스로를 지키는 방법 중 하나야. 우리가 모든 걸 매 순간 기억하게 된다면 머리가 터져버릴 테니까 말이야. 충격적인 사건이라면 특히 그렇겠지. 그러니까—"

일부러 말끝을 길게 늘인 교사는 칠판의 오른편에 새로운 낱말을 썼다. '죽음'이었다.

"세상 사람들은 제각기 다르고, 그만큼 중요해. 닭 한 마리나 연필 하나랑은 비교할 수 없는 무게가 있는 거지. 바꾸어 말하자면, 그런 존재들이 갑자기 사라지는 건 무척이나 충격적인 사건이야. 사람이 죽어 사라지는 건 연필 하나를 잃어버리는 것과는 완전히 다른 일이니까. 하지만 커다란 충격에 사로잡히면 사람은 아무것도 하지 못해. 씻지도 못하고, 먹지도 못하고, 심지어 잠들지도 못할 때가 많지. 거칠게 설명하자면, 한 명의 죽음으로

인해 나머지도 죽어버릴 위험이 생기는 거다."

기억과 죽음. 교사는 두 단어를 잇는 선분을 그리더니 가운데에 빗금을 더했다.

"내가 지금까지 한 이야기를 더해보자. 첫째, 망각은 인간이 자신을 지키는 방식이다. 둘째, 한 인간의 죽음은 다른 인간에게 충격적인 사건이다. 그러면 인간이 죽음으로부터 자신을 지키기 위해서는 어떻게 해야 할까?"

"죽은 사람을 잊어버려야 해요."

아이들이 대답했다. 교사가 씩 웃었다.

"좋아, 그래서 우리는 죽은 사람을 쉽게 잊어버리지. 어떤 식이냐면—직접 예를 들어보도록 하자. 너희들 중에 친척이 죽은 애가 있냐?"

아이들 몇몇이 번쩍 손을 들었고, 소목도 조심스레 따라 했다. 교사는 소목 바로 앞에 앉은 여자아이를 지목했다.

"누가 죽었지?"

"할머니가요."

"평소엔 뭘 하던 분이셨냐? 다른 가족들은 어떻게 반응했어?"

"사과 농사를 하셨어요. 차를 타고 두 시간쯤 가면 할머니 과수원이 나와요. 돌아가신 다음에는 과수원 지분을 두고 아빠랑 삼촌들이랑 한동안 옥신각신했어요. 워낙 갑작스러운 일이라 유언장이 덜 쓰였거든요. 참, 그리고 할머니가 과수원 땅을 담보로 아는 사람한테 돈을 좀 빌렸다는데, 정작 그 빌려준 사람은 그걸 까먹었던 거 있죠. 제대로 공증받지도 않고 대충 빌려준 거라서, 뒤처리 때문에 엄청 시끄러웠대요."

"너도 그 과수원에 가본 적이 있어?"

"그럼요."

"가면 할머니가 널 어떻게 맞이해주셨냐? 표정이나 걸음걸이는?"

여자아이는 곤혹스러운 듯 짧게 신음했다.

"보통 사람들처럼 걸어 다니셨겠죠.
다리가 세 개나 네 개씩 달려 있진 않을
테니까. 지팡이를 짚고 다니셨던가. 잘 몰라요.
앞으로는 볼 일도 없는데 그런 걸 어떻게
알겠어요?"

"하지만 네 아빠가 어떻게 걷는지는 알고
있지?"

"그럼요, 아빠는 맨날 보는데요. 구두
뒷굽을 질질 끌면서 걸으시죠. 엄마가 항상
뭐라 그래요. 전 좋지만요. 저도 비슷하게
걷거든요."

교사는 씩 웃으며 고개를 끄덕였다.

"바로 이게 우리 뇌가 하는 일이다. 반년
전 점심으로 뭘 먹었는지 기억할 필요가 없는
것처럼, 사람이 죽고 하루 이틀만 지나면
관련된 기억이 씻겨나가는 거야. 전체는
아니더라도 상당한 부분이. 과수원의 지분은

남은 사람들끼리 따져볼 문제지만, 할머니의
걸음걸이나 표정을 기억하게 된다면 슬프고
그리울 게 아니냐. 이런 보호 기제는 원시시대
이전부터 시작된 거야. 병원도 과학도 없었을
때는 사람이 수시로 죽었으니까."

　　교사는 잠시 말을 멈추고 아이들을
천천히 훑어보았다. 그간의 경험으로는
이쯤에서 질문이 날아오리라 예상하는
투였다. 역시나 대각선 자리에 앉아 있던
남자아이 하나가 입을 열었다.

　　"그런데 저희는 역사를 배우잖아요.
역사는 죽은 사람들 이야기 아닌가요?"

　　"맞아. 원시시대 사람들은 죽으면
끝이었지만, 문명사회에서는 이야기가
복잡해지지. 죽은 사람들을 기억할 수 없다면
역사가 존재할 수 없고, 그러면 나라나 민족
같은 개념도 아무 의미가 없어질 테니까.
일상생활도 마찬가지야. 방금 전에도 나온

이야기지만, 돈을 빌려간 사람이 갑자기
죽었다고 생각해봐라. 얼마를 빌려줬는지,
그 돈이 어디에 쓰였는지 긴가민가하다면
무척이나 곤란할 거야. 아니면 회사에서
중요한 일을 맡은 사람이 갑자기 죽었다거나.
달리 말하면 우리가 역사를 배우고 나라를
이루고 문명을 유지한다는 건, 본성의 규칙을
파악하고 그걸 이겨낼 방법을 마련했다는
의미야. 그걸 배우는 과목이 바로 기억학이다.
물론 특이체질자 이야기도 빼놓을 수
없겠지……."

특이체질이 화두에 오르자 아이들의
눈이 반짝였다. 백 명당 한 명꼴로 있는
특이체질자들은 영화와 소설과 만화의
단골 소재였다. 방어기제로도 막아내지
못할 충격이 밀려올 때, 그러니까 충격적인
방식으로 죽음을 목격했다거나 죽은 이가
더없이 중요한 존재였을 때 사람의 뇌는

오작동을 일으킨다는 것이다.

그런 일을 겪은 사람의 뇌는 영영
바뀌어서 어떤 죽음도 잊지 못하게 된다고
했다. 특수과 형사나, 기억 관리인이나,
공증인이나, 탐정 같은 일자리가 그런
특이체질자들을 기다렸다. 비극의 주인공이나
낭만적인 연인도 훌륭한 역할이었다. 하지만
소목에게는 그런 이야기들이 어쩐지 시시할
뿐만 아니라 거짓말처럼 느껴졌다. 완전히
사실무근은 아닐지라도, 코끼리 인형을 두고
진짜 코끼리를 논하는 것과 같은 이질감이
있었다. 그런 감각은 여름방학 이후로 보다
뚜렷해져서 확신에 가까울 지경이 되었다.
소목이 손을 들자 교사는 말해보라는 듯
고개를 끄덕였다.

"죽은 게 소중한 사람이 아니어도, 죽음을
눈앞에서 본 게 아니어도 특이체질자가
되나요?"

"그럴 수도 있지. 계기는 다양해."

"다른 건, 그러니까 목소리나 성격 같은
건 기억이 안 나는데 딱 하나만 떠오를 때도
있어요?"

"예를 들면?"

"방학 때 형이 계곡에서 죽었어요. 그때
전 집에서 자고 있었으니까, 저녁쯤에야
소식을 들었으니까 눈앞에서 본 건 아니에요.
형이 보고 싶지도 않아요. 그런데 딱 하나
떠오르는 기억이 있는데 이게 제 상상인지
실제로 있었던 일인지 모르겠어요. 엄마는
제가 쓸데없는 상상을 한다고, 그런 건 이제
상관없지 않냐고 해요."

"무슨 일이길래 그러냐?"

"형이 저를 많이 때렸어요. 부모님이
없을 때마다요. 이유는 잘 모르겠어요.
아마 화풀이였을 거라고는 생각하지만,
정확히 왜 그랬는진 모르겠어요. 형은 다른

사람들한테는 아주 착했거든요. 모범생
소리를 들었고요. 하지만 형이 절 많이
때렸다는 건 사실이에요……."

❖

　　기억학 교사는 소목의 부모에게 정밀
검사를 권유했다. 소아정신과 부설 검사소는
소목이 특이체질과 거리가 멀다고, 형과의
기억은 얄궂은 착각일 거라고 결론 내렸다.
뇌가 무언가를 잊고 빈자리를 메우는
과정에서 종종 그런 오류가 일어난다고들
했다. 기억을 뒷받침할 물증도 없었다.
부모는 소년이 관심을 받기 위해 이야기를
지어낸다고 의심했다. 학교 기록에 따르면
형은 흠잡을 데 없는 모범생이었지만 소목은
버릇없고 퉁명스러운 꼬마였다. 하루 걸러
한 번씩 또래 아이들과 주먹다짐을 벌이는

골칫덩이기도 했다.

　　부모는 소목에게 물었다. 형이 우리도
모르게 널 때린 게 사실이라고 하자. 그러면
왜 지금까지는 한 번도 말하지 않았던 거니.
소목은 대답했다. 했어요. 도대체 언제 했는데
그래. 언제였는지는 모르겠지만 예전엔 많이
했어요. 그런데 아무리 말해도 엄마 아빠는
안 들어주니까 그만둔 거예요. 다른 사람들은
기억해요. 바깥자리에 사는 사람들은 확실히
알아요. 똑바로 말했어야지. 우리는 하나도
기억이 안 난다. 정말로 하나도 기억이 안 나.
네가 착각하는 건지도 몰라. 우리도 네 말을
듣고 일기랑 학교 기록물을 다 확인해봤다.
네 형은 분명히 착한 아이였어. 무슨 소리를
하고 싶은 건데요? 우리는 네가 형만큼이나
착하게 자랐으면 했다. 그런데 넌 항상 형을
싫어했지. 어쩜 너는 형이 죽었는데도 바뀐 게
없니. 형이 죽었는데도. 형이 절 때렸으니까요.

아니야.

아니라니 뭐가 아니란 거예요?

아니라니까.

소목은 비명을 질렀고, 부모는 또다시
소아정신과의 문을 두드렸다. 의사는
소년의 주장이 진실일 가능성도 있지만
지나간 일이므로, 심리 치료 요법을 받은
뒤 잊어버리는 게 유일한 해결책이라고도
했다. 부모는 한동안 그 해결책을 따랐다.
소목은 상담사를 만날 때마다 부디 기억이
사실이기를, 자신이 치유되지 않기를
빌었다. 이 고통에 아무런 근거가 없다는
생각이야말로 소목을 아프게 만들었다.
잠들었다 깨어나면 특이체질이 될지 모른다는
가능성을 믿고 겨우겨우 눈을 붙인 날이
무수히 많았다. 그러다가 잊어버렸다.

그렇게 지나갔다고 생각한 일이었다.
오래전에 만료된 소망이 이런 식으로

이루어지다니 이상한 일이었다. 다른 감상은 떠오르지 않았다. 소년은 단지 이상하다고만 생각하면서 달렸고, 달렸고, 달렸다. 정신을 차려보니 동네 어귀였다. 가슴팍이 터질 듯 아팠다. 다른 녀석들은 어디쯤 있을까 하는 의문이 떠올랐다가 곧 사라졌다. 정황상 두 노인을 똑바로 본 것은 소목뿐이었다. 그놈들이 도망간 것은 순전히 비명 때문이었던 것이다. 그러니까 특이체질이 될 가능성을 걱정해야 할 사람은 자신 외에 없었다.

보통 사람들은 특이체질자를 도살자와 성자와 장의사를 뒤섞은 듯한 존재로 대했다. 존경스러운 한편 두려웠고, 유용하면서도 껄끄러웠다. 그런 지인이 한 명쯤 있으면 편할 테고, 연인이 그렇다면 사랑이 영원하리라는 생각에 미소 지을 수 있겠지만 딱 거기까지였다. 친구나 가족이 되긴 어려웠다.

정부 당국도 그들을 위험인물로 대우했다. 죽음과 맞닿아 있는 만큼 살인을 저지르기도 쉬우리라는 믿음 때문이었다. 어떤 사건을 감쪽같이 숨기기 위해서는 그 사건의 관련자들을 모두 기억해야 하는 법이고, 그 점에서 특이체질자들은 궂은일의 전문가였다. 역사적으로 그랬으며 지금도 으슥한 곳에서는 그런 일이 계속되었다.

그래서? 그래서 어쩌란 말인가? 이제 와서 공부를 시작하기엔 너무 늦었으며 용접공이 되기에는 근성이 부족하니까, 특이체질을 뜻밖의 기회로 받아들이면 되는 일일까? 하지만 눈앞에서 사람이 죽은 일을 학교장 추천서처럼 받아 들자니 이상했다. 질문이 금방 원점으로 돌아갔다. 무언가를 남들보다 더 많이 기억하게 됐다는 게 무슨 의미인가? 도대체 어쩌란 말인가?

그 지점에서 질문이 뚝 끊기며 잊고

있었던 추위가 엄습했다. 거센 기침이 몸을 붙잡아 흔들었다. 소목은 한참을 휘청거리다가 전봇대에 등을 붙였고, 그 자세로 남은 기침을 게워냈다. 머리통이, 특히 귓전이 동상이라도 입은 것처럼 차갑게 화끈거렸다. 소목은 자신이 무척이나 우스꽝스럽게 보일 거란 생각에 으르렁댔다.

"이런 썅."

그러나 기분이 더더욱 비참해졌다. 허공에 대고 중얼거려봤자 겁먹을 사람도 없고, 같이 다니던 자식들은 비명 소리를 듣자마자 도망쳤고, 외투는 폐가 밑에 놓고 온 상태다. 이대로 얼어 죽어도 이상할 게 없었다. 소년은 어깨를 움츠리고 천천히 걷기 시작했다. 얼마 걷지 않아 인중마저 쓰라려왔다. 맑은 콧물이 줄줄 흐르는 탓이었다. 눈물만큼은 흐르지 않는 게 그나마 다행이었다.

사거리에 이른 소목은 나머지 세 갈래

길 중에서 고민하다가 오른쪽을 택했다.
집과는 반대 방향이었다. 이 꼴로 돌아가봤자
위로는커녕 욕만 잔뜩 얻어먹을 게 분명했고,
폐가에서 본 것을 솔직히 말했다가는 무슨
취급을 받게 될지 상상조차 하고 싶지 않았다.
반면 오른쪽에는 친구라고 부를 만한 게 남아
있었다.

❖

사거리 오른편 길을 15분가량 따라가다
보면 벽돌담으로 가로막힌 사유지가
나타났다. 소목은 철제 우편함을 손잡이 겸
디딤대 삼아 가까스로 담벼락을 넘었다.
외투도 없이, 너무 오래 걸어 다닌 탓에
이제는 벽돌담에 몸을 맞붙여도 추위가 거의
느껴지지 않았다. 기침도 그친 지 오래였다.
겨울의 온도에 익숙해져서가 아니라 몸이

생기를 잃어서인 듯했다. 시체라면 얼음 속에 파묻혀도 불평하지 않을 테니.

벽돌담 너머의 잔디는 날씨를 비웃듯 새파랗게 자랐고, 큰키나무들은 밤의 어둠과 추위 속에서도 강인한 생명력을 발했다. 저 멀리에 자리 잡은 2층짜리 주택은 폐가와 닮았지만 완전히 다른 분위기였다. 새하얀 반원형 테라스는 단조로워지기 십상인 벽돌 패턴 속에서 우아한 목걸이처럼 빛났고, 주홍색으로 빛나는 창문들은 여름철의 해를 한 조각 떼어 온 듯했다. 1층 왼편에 녀석의 방이 있었다. 영원할 것만 같은 온기 앞에서 소목은 문득 먼 미래가 궁금해졌다. 아주 긴 시간이 흐르면 태양에도 먼지가 끼게 될까? 그래서 이 집과 정원도 그 폐가처럼 초라해질까?

그러나 친구의 말년을 고민하기에는 너무 일렀다. 이 집안은 앞으로도 백 년쯤은

건재할 터였고, 지난 백 년 동안에는 훨씬
기세등등했다. 도시의 시장과 시의원과
지방법원장을 도합 여덟 명이나 배출했던
것이다. 그렇게나 많은 유명 인사들이 담장에
둘러싸인 2층짜리 벽돌집에서 태어나고
자랐다. 그래서인가 여기에서 오랜 시간을
보낸 것들에는 남다른 기운이 깃들기
마련이었는데, 정원사가 놓친 잡초조차
예외가 아니었으며, 늙은 고용인들은
겸손하면서도 거만한 태도로 바깥 사람을
대하곤 했다.

　　고용인마저 그런 판에 가문의 일원이라면
태도가 뻔했다. 친구 녀석은 시내의 부잣집
학교에 다녔으며, 근 몇 주간은 시험
기간이라는 핑계로 소목 패거리와 거리를
두고 있었다. 물론 시험 때문이 아니더라도
폐가까지 따라오진 않았을 것이다.
녀석은 서커스 천막에 드나들듯이, 혹은

들개에게 고기 조각을 던져주듯이 패거리를
대했다. 자신과는 아무 관련이 없는 삶을
들여다보다가 구경료로 푼돈을 건넨 다음,
경멸 섞인 거래를 우정으로 위장하는 것이다.
정말로 위험해질 일에는 끼어들지 않았으며
누군가 깊은 고민을 꺼내려 하면 그 자리에서
내뺐다.

　게다가 패거리가 경찰서에 드나든
것도 절반쯤은 이 자식 때문이었다. 부잣집
도련님들이 수업 도중 도망칠 때 쓰는 샛길을
알려주면서, 지갑이 두둑할 거라고 귀띔했던
것이다. 그러면서도 정작 일이 터졌을 때는
아무 책임도 지지 않으려 했다. 한마디로
말해서 얌체 같은 애였다. 하지만 어떤 얌체는
손해 볼 일이라면 무엇이든 피해 가느라
미움마저도 교묘하게 지나치는 듯했다.
얄미움이 진짜 원망으로 변하기 직전에
멈추는 법을, 심술과 장난을 번갈아 건네는

법을 아는 것이다. 마치 본능처럼. 소목은 벽
너머의 친구를 믿진 않았지만 녀석의 본능은
믿었다. 그리고 예전엔 그 녀석이 자신을 졸졸
따라다녔다는 것도…….

"나울, 열어줘!"

낮게 외친 소목은 주먹 쥔 손으로
유리창을 가볍게 두드렸다. 하얀 덩어리가
일어나 창가를 향해 일렁일렁 다가왔다.
창문이 휙 열리면서 더운 공기가 비어져
나왔다. 몸이 얼마나 차가워져 있었는지
그것만으로도 현기증이 일었다. 휘청거리던
소목은 비웃음 섞인 목소리에 가까스로
자세를 바로잡았다.

"야, 누가 보면 얼어 죽으러 나온 줄
알겠다."

새하얀 잠옷을 입은 소녀가 놀람과
흥미가 뒤섞인 표정으로 불청객을 내려다보고
있었다. 큰 키는 아니지만 어깨를 꼿꼿하게

편 자세가 건강해 보이는 여자아이였다. 씻은 지 얼마 되지 않은 듯 어깨 뒤편으로 늘어진 머리카락이 번들거리고 있었다.

"그럴 일이 있어. 들여보내줘."

"아빠랑 또 싸웠구나? 그래서 옷도 제대로 못 입고 도망친 거지?"

은근한 웃음을 짓는 입술 사이로 새하얀 앞니가 드러났다. 반짝거리는 송곳니도. 위로 들려 올라간 눈매와 갸름한 콧날 때문에, 미소 짓는 나울의 얼굴은 날렵한 테리어견을 연상시켰다. 그러면 소목은 생쥐가 된 기분에 사로잡혀서 할 말을 잊게 됐다.

"그런 거 아니야."

"그러면 왜 왔는데?"

"아무튼 집에는 못 가. 하루만 재워줘."

"난 여자고 넌 남자애잖아. 우리 아빠가 방에 들어왔다가 널 보면 뭐라고 하겠냐구. 열여섯 살이나 된 딸 옆에 모르는 남자애가 붙어 있는데. 참, 아예 모르는 건 아니지. 요새 슬슬 눈치를 채시는 것 같더라. 게다가 시험 기간이라서 바쁘다니까."

"말도 안 되는 소리 하지 말고. 무슨 범생이 여자애라도 되는 것처럼—."

"그럼 내가 남자니?"

나울은 휘파람을 불며 딴청을 피웠다. 장난을 치고 있는 게 분명했다. 어차피 져줄 게임에서 일부러 승기를 잡고 약을 올리는 것이나 마찬가지였다. 나울이 그렇게 굴어댈 때마다 소목은 귀퉁이에 몰린 쥐가 찍찍대듯이 욕을 했고, 게임은 언제나 거기에서 끝났다. 소목은 눈시울이 뜨거워지는 것을 느끼며 입을 열었다.

"쌍년아, 우리는—아니, 난 경찰서에 끌려갔을 때도 네 이야기는 한마디도 안 했어. 그런데 나한테 그딴 식으로 굴면 안 되지. 창문 안 열어주면 여기서 얼어 죽을

거야. 얼어 죽을 거라고. 너희 아빠인지
아저씨인지한테는 알아서 설명해."

이건 어디까지나 패배 선언이었다.
목소리는 힘없이 가물거렸고, 끝에 가서는
울음소리와 뒤섞여 낱말을 분간하지도
못할 지경이었다. 눈물을 참으려 애썼지만
잘되지 않았다. 소목은 그 자리에 서서 엉엉
울기 시작했다. 이내 나울이 경쾌한 웃음을
터뜨리더니 창문을 활짝 열었고, 상체를
내밀어 소목을 감싸안았다. 속삭임이 귓가를
간질였다.

"신발 벗어."

"내일 아침에 하인들이 볼 텐데, 어떻게
설명하려고?"

"시체보다는 설명하기 쉽겠지. 어쨌든 내
침대에 흙 떨어트리는 건 못 참아."

소목이 잠자코 신발을 벗자 나울은
창턱을 넘어올 수 있도록 도와주었다. 소년은

소녀에게 안겨 부드럽고 풍요로운 더위
속으로 끌려들어갔다. 세제인지 향수인지는
모르겠지만 사방에서 버베나 꽃 향기가
진동했으며 그 향은 열기의 다른 형태였다.
지옥을 거닐다가 갑자기 꽃이 만발한
천국으로 옮겨진 기분이었다. 새하얀 잠옷과
베갯잇과 이불이 있는 천국. 소목은 이불을
뒤집어쓴 채 얼떨떨한 행복감에 잠겼고,
곧바로 울음을 멈췄고, 그러다가 까무룩
잠들었다.

　공교롭게도 꿈은 폐가에서의 사건을
되풀이했다. 소목은 바로 옆에 있는 놈들을
비웃으면서도 장단을 맞춰주었고, 추위에
떨며 돌아올 것을 예감하면서도 외투를
벗었고, 커튼 너머의 광경을 알면서도 창문을
열었다. 그리고 죽어가는 남자와 죽인 여자를
보았다. 까마득하니 검은 입이 또다시 소목을
집어삼켰다. 세상이 훅 멀어지는 감각에

소스라치게 놀라며 눈을 뜨자 다시 암흑이

있었다. 눈동자였다. 나울의 두 눈동자가

자신을 빤히 들여다보고 있었다. 기다란

머리카락, 잠들기 전까지는 축축하게 젖어

있던 머리카락이 다 마른 게 눈길을 끌었다.

"몇 시야?"

"열한 시 반. 세 시간 지났어."

윗몸을 일으켜 앉은 소목은 나울이 건넨

찻잔을 잠자코 받아 들었다. 차는 우려낸 지

오래된 듯 미지근했다.

"아빠랑 싸운 게 아니면, 뭐가 문제야?

경찰 만날 짓이라도 했어?"

"비슷해."

"설명을 제대로 하란 말이야."

나울이 부드러우면서도 엄한 목소리로

다그쳤다.

"사람 죽는 걸 봤어. 물론 살인은

범죄지만, 그러니까 내가 본 건 아마 감옥에

갈 만한 일이겠지만, 중요한 일은 아니야.
말하지만 않으면 아무도 모르고 지나갈 거야.
그냥 내가 사람이 죽는 걸 본 거야. 그러니까
어떻게 된 일이냐면……."

소목은 한참을 망설이다가 입을 열었다.
첫 문장을 꺼내기가 어려웠을 뿐이지
그다음부터는 이야기가 술술 풀려 나왔다.
설명이 끝나자 나울은 잠시 침묵하더니
공책을 꺼내 지도를 슥슥 그렸다. 가느다란 펜
끝으로부터 도시의 외곽과, 도로변의 거대한
농작지와, 주인 없는 땅과, 산줄기가 뻗어갔다.

"지금 말한 산이 이쪽 길로 꺾으면 나오는
거지?"

"아니, 왼쪽 길."

소목은 검지로 반대편 산을 가리켰다.

"그러면 너희가 간 곳은 금수산(錦繡山)
쪽이야. 정리해보자. 숲으로 들어가는 길목
바로 옆에 폐가가 있었다 이거지. 할머니가

할아버지를 죽였고…….”

“예전부터 계속 그 집에 살던
사람들이었던 것 같아. 뒷문 쪽에 쓰레기가
잔뜩 쌓여 있었거든.”

“우리 할멈한테 물어볼래? 말만 들으면
예전에 꽤 잘나가던 집안이었나 본데, 그러면
할멈도 알고 있을 거야.”

“이미 죽은 거, 물어봐서 뭐 해?”

“어쩌다가 그렇게 됐는지 궁금하잖아.
사연이 있을 텐데.”

“그렇게 궁금하면 나 없을 때나 물어봐라.
내가 여기 누워 있는 거 보면 그 노친네가
퍽이나 좋아하겠다.”

소목은 나울의 아버지나 오빠들을
만나본 적은 한 번도 없었지만 고용인들과는
구면이었다. 일이 터질 때마다 창고 방에서
하룻밤 묵고 가거나, 간단한 끼니를
얻어먹는 식으로 신세를 지곤 했던 것이다.

그것만으로도 좋은 인상을 남기기 어려운
상황이고, 그 노친네들이 나울을 늦은
나이에 본 막내딸처럼 아낀다면 말할 것도
없다. 할멈이라 불리는 가정부도, 운전사를
겸직하는 정원사도 소목을 눈엣가시로 보는
티가 역력했다.

"어차피 할멈 얼굴은 봐야 할 텐데. 자고
가려고 온 거 아니었어?"

"야, 그런 거 따지지 마. 머리 아프니까
나중에 이야기해."

"이제 밤 열두 시인데 나중이 어디 있어.
그냥 지금 집에 갈래? 난 새벽에 할멈 깨우긴
싫거든."

나울은 왼쪽 무릎으로 매트리스를 누르며
침대 위로 올라왔고, 창가를 향해 팔을 쭉
뻗었다. 창문이 살짝 열리면서 면도날 같은
추위가 공기의 흐름을 끊고 들어왔다. 소목은
질색하며 막아섰다.

"나더러 이 꼴로 얼어 죽으라고?"

"할멈 얼굴도 보기 싫다, 돌아가기도 싫다, 그러면 뭐 어쩌겠다는 거니?"

"바닥에서 자다가 아침에 나갈게. 좀 따뜻해지면. 그러면 되잖아."

"말도 안 되는 소리. 너 계속 그런 식으로 나올 거면 외투 빌려줄 테니까 지금 가."

"싫어."

"무슨 네 살배기처럼 굴지 말고, 바라는 게 뭔지 똑바로 말을 해. 내 방에서 하루 자고 간다고 해서 상황이 달라지는 것도 아니잖아. 일단 이것부터 확실히 하자. 특이체질이 된 건 확실해?"

"설마 의심하는 거야?"

"눈앞에서 사람 죽는 걸 봤다고 특이체질이 되면, 병원에서 일하는 사람은 다 특이체질자겠다. 웬만하면 아무 일 없이 잊어버리니까 물어보는 거야. 넌 검사도 안

받은 상태고."

"그냥 느껴져. 완전히 달라진 느낌이 든단 말이야."

소목은 힘주어 대답했지만 확신은 없었다. 특이체질자가 되는 방법이 모호하다는 것부터가 문제였다. 누군가는 눈앞에서 살인 사건을 보고서도 그 일을 까맣게 잊어버렸고, 누군가는 먼 친척이 죽었다는 편지만으로도 특이체질자가 되었다. 소목은 지겹도록 곱씹었던 진단 기준을 다시금 떠올렸다. 다음 항목 중 최소한 세 개 이상에 해당할 경우 정밀 검사를 시행할 것. 죽음과 관련된 경험이 발생한 직후 현기증과 전신의 탈력감을 동반한 정신적 충격을 겪음. 해당 경험 이후 주변인과의 기억이 일치하지 않는 상황이 반복적으로 발생함. 죽은 사람들이 비현실적으로 생생한 방식으로 꿈에 등장함(단, 이러한 현시는 '죽은 유명인에

대한 다큐멘터리를 보고 관련된 꿈을 꾸는 것'과
엄격히 구분될 필요가 있음). 기타 등등. 첫째는
확실했다. 둘째는 차차 시간이 지나야 알
일이었다. 셋째는 애매했다. 아까 꾼 꿈이 그
증거인 듯도 했고, 더욱 선명한 꿈이 필요한
듯도 했다. 소목은 앓는 소리를 냈다.

"아무튼 검사를 받긴 할 거야. 이 부분은
더 따지지 마."

"그러면 뭐가 문제니? 부모님한테 혼나는
거, 아니면 경찰한테 조사받는 거?"

"특이체질자 검사를 받으려면 계기를
말해야 하잖아. 가족이 죽었다거나, 친구가
죽었다거나 하는 거. 근데 폐가에서 그런
장면을 봤다는 말을 어떻게 하겠냐고."

나울이 가벼운 웃음을 터뜨렸다.

"야, 너 멍청한 건 알았는데 진짜 머리가
안 돌아가는구나. 못 봤다 치고 넘어가.
특이체질자 등록 안 했다고 감옥 보내는

법도 없고, 감추고 사는 사람도 많은데. 다른 애들이 그 장면을 같이 본 것도 아니잖아. 너만 입 다물면 지나갈 일이라니까. 시체야 뭐, 10년 뒤든 20년 뒤든 누군가가 발견해서 치우겠지."

"그래도 돼?"

"그러면 우리 학교 남자애들 지갑 턴 건 해도 돼서 한 일이야?"

"이런 쌍, 네가 시킨 거잖아. 항상 그런 식이지. 이거저거 시켜놓고 일이 커지면 혼자 도망가는 거야. 자긴 알려줬을 뿐이지 직접 한 건 아니니까 아무 잘못도 없다는 식으로. 그래, 안 그래?"

소목은 험한 소리로 운을 뗐지만 말이 길어질수록 감흥이 식었다. 다른 녀석들이 있는 것도 아닌데, 구태여 자존심을 세울 필요가 없다는 계산이 섰다. 어차피 나울도 말 몇 마디로 겁먹을 애는 아니었다.

"뭐, 그거야 그렇지. 솔직히 얘기하자면 그 자식들이 우리 엄마 영화를 본 모양이더라. 앞에서는 친한 척하다가, 뒤에서는 저런 애라면 쉬울 게 분명하다느니 뭐라느니 헛소리를 해대는데 한 대 먹여줘야지. 너희는 돈 벌고. 그럼 서로 좋은 일 아니겠니."

"야, 처음부터 그렇게 말하든가 했어야지. 그러면 죽지 않을 만큼만 팼을 텐데."

"잠깐, 돈만 뜯고 보냈던 거야? 그때 보니까 제일 시끄럽던 녀석 얼굴에 멍이 들어 있던데. 그래서 난 간만에 마음이 통했구나 했지. 단순히 길 가다가 자빠진 거였으면 실망인걸."

"그 자식은 내가 보기에도 성가시더라. 그래서 좀 때려줬어."

"그럼 다행이네."

"어쨌든 그건 너 좋은 일이고, 우린 한 푼도 못 벌었어. 다 뱉어냈다고."

"좀 똑똑하게 했어야지. 내가 말한 대로만 했으면 들키지도 않았을 텐데 꼬투리를 잡혀가지고. 하여간 너희는 무슨 생각이라는 걸 하면 안 돼. 내가 뭘 시키는 데에는 다 이유가 있단 말이야. 지금도. 지금도 똑같잖아. 모른 척하면 되는 걸 가지고 고민을 하고 있어."

"아무 일도 없었던 것처럼 넘어가라고?"

"그럼 다른 방법이라도 있어? 겉으로 티가 나는 것도 아닌데. 야, 그래도 여자애들한테는 좀 말해봐도 되겠다."

"갑자기 무슨 소리야."

"몰래 특이체질자랑 사귀고 싶어 하는 애들 많잖아. 어차피 그런 애들이 검사지 떼어 오라고 하지도 않을 테니까, 나한테 한 소리 그대로 읊어주면 될 거 아냐. 그렇지. 네가 나 말고 다른 여자애들한테 말 걸어볼 일이 얼마나 있겠어."

나울의 웃음소리가 더 커졌다. 소목은
몸을 가누지 못할 만큼 웃어대는 여자애를
슬쩍 밀쳐내고는 창문을 다시 닫았다. 일단은,
특이체질 문제에 대해서는 나울의 말이
옳다고 생각했지만 속이 영 불편했다. 먹은
게 없는데도 체한 기분이었고, 뭔가 뜨겁고
울컥울컥한 게 눈가와 가슴팍 사이를 오가는
듯도 했다. 언젠가 시비가 붙었을 때, 상대가
주먹을 날리지도 않고 자신을 위에서 가만히
내려다보았을 때와 똑같은 기분이었다.
싸움이 성립조차 하지 않을 때의 패배감보다
강렬한 것은 없다.

소목은 마음속으로 생각했다. 그러니까
기분이 이렇게나 묘한 건 저 귀신 같은
여자애가 부잣집 딸이기 때문이고, 또, 내가
저걸 한 대 때려줄 수 없거니와 그러고 싶지도
않기 때문이다. 앞선 이유는 설명이 쉽고
간단했다. 다음 이유는 어렵고 복잡했다.

입을 꾹 다문 소목은 침대 등받이에 기대듯 비스듬하게 누웠다. 이내 나울이 웃음을 멈추고 옆에 와서 앉았다. 문득 덥고 울렁거리고 지독하도록 향기로운 수증기가 작은 방을 가득 메우는 듯해서, 소목은 눈을 질끈 감았다. 경쾌한 목소리가 어둠을 헤치고 다가왔다.

"아무튼, 자고 갈 거야?"

왜인지는 모르겠지만 이 질문을 들으니 심장이 한 차례 쿵 뛰었고, 목덜미 근처의 살갗이 낯선 온도로 경련했다. 소목은 짧게 대답했다.

"창고 방에서."

"그러면 고민은 해결된 거지?"

"아마."

"그나저나 나도 고민이 하나 있거든."

"나한테 말해서 해결되는 거야?"

"아마."

"그러면 말해봐."

"내가 지금 시험 기간인 거 알지."

"알지."

"기억학은 에세이로 시험 대체가 되거든. 교사가 주제를 세 개 주는데, 그중 하나를 골라서 다섯 장만 쓰면 되는 거야. 다음 주까지 내면 돼. 어떤 식이냐면, 대충 이래. 사람은 죽은 사람을 빠르게 잊어버리지만 그렇다고 해서 다 까먹는 건 아니잖아? 대통령이나 유명한 영화배우가 죽었다 치면 다들 기억한다고. 그건 우리가 그 사람들을 진짜 인간으로 받아들이지 않기 때문이야. 대통령은 아무래도 현실의 인간이라기보다는 역사책의 일부처럼 느껴지니까. 영화배우는 차라리 소설이나 드라마 속 등장인물에 가까우니까. 이야기는 잊히지 않고, 지식도 잊히지 않아. 그러면 이야기와 지식과 기억은 정확히 어떤 관계인 걸까? 진짜 사람을 알고 기억한다는 건 도대체 어떤 일일까?"

　설명이 한참이나 이어졌지만 아무런 감흥
없이 귓전을 스쳐 지나갔고 느낌만 남았다.
소목은 지금 그게 중요하냐고, 다른 이야기를
할 수 있지 않으냐고 묻고 싶었지만 그래서
무얼 듣고 싶은지는 몰랐다.

　"수업에서 들은 말인데, 기억한다는
건 함께한다는 거고, 존재한다는 건 어떤
형태로인가 기억된다는 거래. 누군지 모르는
사람이랑 함께할 수는 없고, 아무도 모르는
대상은 존재하지 않는 것이나 마찬가지니까.
마지막 주제가 그거야."

　"그래서?"

　"에세이를 써야 하는데 네 생각을 했어.
엄마가 죽기 전부터, 내가 이 집 딸이 되기
전부터 너랑 나는 친구였잖아. 나한테 친구는
너 하나뿐이었던 것 같아. 그런데 그거
말고는 아무것도 기억이 안 나더라. 뭘 하고

놀았는지, 어쩌다 친구가 됐는지, 네 성격은
어땠는지, 같이 무슨 이야기를 했는지. 엄마가
죽을 때 덤으로 잊어버렸던 거야. 그게 항상
아쉬웠어. 그리고 무섭기도 했어. 기억하지도
잊지도 않아서, 함께할 수도 헤어질 수도
없다는 게. 가까운 사람이 죽을 때마다, 그런
일이 반복될 수 있다는 게. 물론 이렇게 다시
만났지만 말이야."

　　나울이 핏줄까지 맞닿을 만큼 몸을
가까이 붙여왔다. 보지 않아도 그게 느껴졌다.
말없이. 그 상태로 심장이 아주 느리게, 열
번쯤 뛰고 나서야 첫 번째 어절이 숨결에 실려
나왔다.

　　"나—."

　　폐가에서 느꼈던 것만큼이나 아찔한
감각이 심장을 움켜쥐었다. 그 짧은 순간에
온몸의 피가 한 바퀴를 돌아 원위치로 돌아온
것만 같았다. 소목은 어떤 마음도 티 내지

않으려 애쓰면서, 천천히 대답했다.

"으응."

"나 거기 데려다줘."

"뭐라고?"

순간 얼음 양동이가 머리에 쏟아시기라도
한 것처럼 정신이 번쩍 들었다. 목덜미 뒤편을
맴돌던, 이상한 열기가 달아났고 심장의
움직임도 원래 박자를 되찾았다. 눈을 확
뜨자 나울의 얼굴이 코앞에서 빙글빙글 웃고
있었다. 평소처럼 얄미운 표정이었다. 소목은
다시 한 차례 물었다.

"너 지금 뭐라고 했어?"

"폐가 있잖아. 거기 데려다달라구. 사람
죽은 거 보면 쓸 말이 생길 것 같아서 그래.
이대로는 진짜 주제도 못 정하고, 아무것도
못 쓰고 백지만 낼 판이라니까. 네 이야기를
에세이에 쓸 수는 없잖아."

"이 미친년아!"

소목은 자신도 모르게 외치고는 화들짝
놀랐다. 거의 비명을 지른 듯도 했다. 어쨌든
나울조차 놀란 표정을 지은 걸 보면 목소리가
너무 컸다는 데에는 의심의 여지가 없었다.
방이 뒤늦은 침묵에 사로잡히자마자 저
멀리에서부터 발걸음 소리가 희미하게
들려오기 시작했다. 서둘러 소목을 일으켜
세운 나울은 공책을 쥐고 책상 앞에 앉았다.
다른 한쪽 팔을 등받이에 걸쳐놓은 채, 상체를
틀어 문간을 바라보는 자세였다. 시험 기간을
맞아 공부에 열중하다가 잠시 쉬는 학생을
흉내 내는 듯했다. 그러나 누가 보기에도
변명할 상황이 아니었다. 소목은 지금 오고
있는 사람이 할멈이길 빌었지만, 만약 나울의
아버지여도 아무 상관이 없으리라 생각했다.
소년은 자신이 정확히 무엇에 배신당했는지
고민하느라 거의 넋이 나가 있었다.

❖

벽 너머의 발걸음은 서두르는 법이
없었다. 정해진 끝을 향해 가는 초시계의
바늘 소리처럼 규칙적이고 침착했다. 그러나
경쾌한 땡그랑 소리가 울리기 직전 마지막 몇
초간의 째깍거림은 어째서 그토록 비명처럼
날카로운지. 간격이나 강세에 아무런 차이가
없음에도 불구하고. 마지막 발걸음이
문간 바로 앞에서 한 차례 울렸고, 잠시
조용했다가, 문이 열렸다. 뺨이 먼저 보였다.
살갗은 전나무 껍데기처럼 거칠거칠하고
기름기가 없었다.

"아가씨."

소목을 힐끔 바라본 노파는 그렇게만
말하더니 들어와 문을 닫았다. 그 태도에는
앞날을 내다볼 필요조차 없는 사람 특유의
체념과 불안이 함께 깃들어 있었다. 그녀는

일어날 일은 결국 일어난다는 사실을 머리가
아니라 세월로 배운 사람이었다. 나울은
할멈을 똑바로 마주 볼 수 있도록 의자 방향을
바로잡았다. 살짝 들려 올라간 턱과 어깨가
이루는 각도가 천연덕스러운 둔각을 그렸다.

"할멈, 늦은 시간에 깨워서 미안해요. 이
친구가 좀 심란했나 봐요. 그래서 소리를 지른
거죠. 외투도 없이 집에서 쫓겨났다더라고요."

"길게 설명하실 필요도 없어요.
아가씨는 또 이 할멈에게 창고에 이부자리를
깔아놓으라고 시키시겠지요. 옆에 작은
난로도 하나 가져다 두고요. 그래, 어르신께
가서 무슨 소리였는지도 알려야지요."

"고마워요. 정말이지 할멈이 없었으면 이
집에서 어떻게 살았을지 모르겠네요."

"그런 말씀은 됐어요. 이 할멈은 아가씨가
언제쯤 낮에 친구를 데려올지가 궁금합니다.
그것도 예전 친구들 말고 학교 친구 말예요."

"예전 친구라뇨, 이렇게 바로 옆에 있는데
예전은 아니죠."

"이 집에 처음 오셨을 때를 생각하면
아가씨는 정말로 많이 변하셨답니다. 그러니
예전이지요. 아가씨께서 지금 이렇게
말씀하시는 것도 언젠가 예전 일이 될 겁니다.
이 할멈은 어르신이 한때 망나니였다가
신사가 되는 것을 모두 봤어요. 도련님들이
못된 녀석들을 남몰래 만나러 간답시고
2층에서 뛰어내리는 것도 봤지요. 그러나
첫째 도련님은 이제 변호사가 되셨고 둘째
도련님도 회계 공부를 하고 계시죠. 사람은
자기 자리를 찾아가는 법이랍니다. 일찍
찾아갈수록 좋아요. 장담해요."

"어쨌든 오늘은 아니에요. 난 아직
열여섯이잖아요. 이거저거 해볼 나이죠."

"그렇게 대답하실 줄은 알고 있었지요.
아가씨 뜻이 그렇다는데 무슨 말을 더 할까요.

일단 어르신부터 뵙고 오겠어요. 도대체 무슨 소리였나 궁금해하고 계실 텐데, 정원에 큰 개가 들어와서 내쫓았다고 하면 되겠지요. 그러면 어르신이 요새는 개가 왜 그리 많이 들어오는가, 하고 여쭤보실 겁니다."

할멈은 그 말을 끝으로 천천히 몸을 돌려 문고리에 손을 얹었다. 대화를 먼저 매듭짓는 것은 순종하는 사람들이 보일 수 있는 최대한의 항의였다. 문고리가 반쯤 기울어지는 순간 나울의 질문이 부록처럼 따라붙었다.

"참, 가기 전에 물어볼 게 하나 있어요. 저기 금수산 쪽에 폐가가 하나 있다던데, 누가 살던 곳인가요?"

기억을 되짚어가는 노인의 입에서 낮고 긴 흠 소리가 흘러나왔다.

"금수산 근처라―그 집이 아직도 거기 있었군요. 오래전에 허문 줄 알았는데. 못

본 지 스무 해쯤 됐죠. 거기 주인어른께서 예전부터 편찮으셨어요. 신경증이 심했죠. 안주인께서 그분을 챙기시느라 고생을 많이 했어요. 이 나이 먹은 사람이라면 다 알아요. 지금도 주인어른보다는 안주인 되시는 분이 더 기억에 남아요. 이 할멈보다 두어 살 많으셨죠. 성함은 자목련이셨는데 이름이 무색하게도 고생만 많이 하고 지낸다고들 했지요. 하여간 어디 요양하러 가셨다는 이야기를 들었는데 그 후로 소식이 없어서 다들 잊었어요. 먼 예전에는 지주쯤 되는 집안이었는데 그 대에 가서는 자식도 없고 재산도 거의 까먹어버렸으니까요. 그래도 잘살고 있지 않을까 싶어요. 만약 쪼들렸으면 산을 아예 팔아버렸을 테니 말예요."

그리고 다시 방에 둘만 남았다. 소목은 철컥 소리가 들리고서야 자신이 나울의 옆에 멈춘 듯 서서 그 모든 대화를 듣고만 있었다는

사실을 뒤늦게 떠올렸다. 이상하게도 나울이
자신을 제쳐놓고 집안 사람들과 떠들 때면
시간이 멈추며 어긋나는 듯했고, 갈라져 나간
시간이 원래의 흐름을 되찾은 뒤에는 언짢은
기분이 따라왔다. 소목은 괜히 으르렁댔다.

"저 노친네는 사람을 무슨 개로 알아."

"이 집에서 제일 오래 지낸 사람이야. 아마
이 동네에서도 제일 오래 살았을걸. 그러려니
해."

"그래봤자 집주인도 아닌 게 유세야."

"유세라니, 다 알면서 모른 척해주시는
분한테. 아버지도 할멈한테는 못 이긴다구.
고마운 줄 알아야지."

소목은 입을 꾹 다물었다. 할멈이
나울을 아끼는 덕에 자신도 이득을 본 것이
사실이었지만, 그렇다고 해서 고마워할
마음은 없었다. 어차피 할멈도 그런 반응은
바라지 않을 게 분명했다. 나울이 씩 웃더니

주제를 돌렸다.

　"아무튼, 들었지? 이건 네가 입만
다물면 끝날 일이야. 할멈까지 잊었으면
다들 잊어버린 거라구. 공증서나 시청
직원이라면 알 수도 있겠지만. 그런데 그
사람들도 쓸데없이 오래된 서류나 찾아볼
만큼 한가하진 않겠지. 네가 공증서에 가서 그
여자 이름을 대는 게 아니라면 말이야. 보자,
이름은 자목련이고 할멈보다 두 살 많으면
일흔아홉이야. 혹시 관심 있으면 가서 그렇게
말해볼래?"

　"뭘 말해?"

　"공증서 직원한테 가서 이렇게 떠드는
거지. 할머니가 편찮으셔서 일어나지도
못하는데 공증 기록을 꼭 보고 싶어 하신다고.
할머니가 예전에 중요한 계약을 맺었던 것
같은데 잘 모르겠다고. 운이 좋으면 뭐라도
건질 수 있을걸. 공증서 직원들이 인감 도장도

서류도 없는 애 말을 어디까지 믿어줄지는
모르겠지만, 사람이 죽어간다는데 서류 한두
장쯤은 몰래 보여줄 수도 있겠지."

　"그렇게 거짓말을 해서 서류를 보면 뭐가
나오는데?"

　"에세이랑은 별개로, 궁금하지 않아? 할멈
이야기대로 돈 많은 집안이었는데, 지금도
땅 자체는 그 사람들 몫일 텐데 왜 이렇게 된
걸까? 무슨 일이 있었던 걸까?"

　"원래부터 신경증이 심했다잖아. 아내도
많이 고생했고. 제정신이 아니었나 보지."

　"아무리 그래도 그렇지. 또, 이 사람들이
정말로 완전히 잊혔다면 지금까지는 어떻게
살았던 걸까? 잡초를 뜯어 먹은 것도 아닐
테고, 밤에는 전등을 밝혀야 할 테고, 빗물을
받아 마실 수도 없을 텐데? 그리고 어쩌다가,
스무 해가 지나고서야 상대를 죽일 생각을 한
걸까?"

"참을성이 바닥났겠지. 어쨌든 난
상관없어."

"거짓말하기도 싫고 데려다주기도 싫다
이거지?"

"싫어."

추리소설을 읽는 취미는 원래부터
없었다. 살면서 제일 많이 본 영화는 한물간
배우들이 나오는 러브코미디였고, 열서너 살
즈음부터는 모든 종류의 이야기에 흥미를
잃었다. 지어낸 것이든 실제로 있었던 일이든
간에. 한편 구경꾼들이 떠들어대는 이야기란
대개 겉으로 보이는 사실에 순간적인 인상과
상상을 덧붙인 결과물이라는 점에서, 후자와
전자는 본질적으로 동일하다고도 생각했다.
그러니까 관광 안내인 노릇은 하고 싶지
않았다.

"별일도 아닌 걸 가지고. 공증서 직원을
속이는 건 경찰서에 갈 일이라 쳐도 폐가는

그냥 들어가면 들어가지는 건데."

"시체를 보러 가겠다는 게 별일이지
뭐가 별일이야. 그리고 죽은 건 남자뿐이야.
여자 쪽은 살아 있다니까. 들어갔다가
마주치기라도 하면 뭐라고 하게?"

"요새 복지 제도가 좋아졌다고
말해줘야지. 75세 이상이면 시영 아파트
월세가 공짜라고. 이런 거 직접 찾아가서
알려줄 사람도 없었을 거 아냐."

"도대체 말이 되는 소리를 해라. 그렇게나
가고 싶으면 혼자 가면 될 거 아니야."

나울은 포기한 듯 뾰루퉁한 표정을
짓더니 갑자기 소목의 팔을 붙잡고 와락
끌어당겼다. 소년의 몸이 균형을 잃으면서
소녀의 무릎을 향해 무너졌다. 정신을
차려보니 나울의 허벅지에 윗몸을 파묻은
꼴이었다. 얇고 부드러운 잠옷이 손가락
아래에서 겹겹이 주름졌다. 옷감이 얼마나

섬세한지 몸과 몸 사이에 아무것도 없는
느낌이었다. 손목에 바로 맞닿는 둥글고
단단한 뼈. 우아하고 견고하게 도드라져
올라오는 곡선 너머에는 부드럽게 눌려
들어가는 무한이 있고…….

이걸 치골이라고 부르는 게 맞던가?
그나저나 곧 할멈이 돌아올 텐데 뼈 이름이
무슨 소용인가? 소목은 벗어나려 했지만
짙은 버베나 향기가 어깨를 내리누르듯
무겁게 느껴졌다. 다리가 뻣뻣하게 굳었고
폐에는 석고가 들어찬 듯했다. 나울이 귓전에
속닥거렸다.

"데려가줘."

"엿이나 먹어라."

소목은 숨을 헐떡거리며 가까스로
대답했다. 나울은 깔깔 웃음을 터뜨리고는
소목을 풀어주었다. 엉거주춤 일어난 소목은
최대한 멀리 가서 섰다. 대각선의 길이를 재는

공식은 몰랐지만 나울에게서 시작되는 대각선
중에서는 이게 제일 길 것이라고 장담할 수
있었다. 그리고 어떤 기하학은 본능에 새겨진
것인지도 모르겠다고 생각했다. 꿀벌이
작도법을 배우지 않아도 완벽한 육각형을
만들어내는 것처럼. 말인즉슨 소목은 다른
본능을 깊이 고민했다. 그 본능이야말로
잘못이다.

　얼마 지나지 않아 할멈이 왔다.

❖

　초대받은 손님인 양 복도를 걸어 다닐
수는 없었다. 소목은 처음 들어왔을 때처럼
창문으로 빠져나간 후 신발을 챙겼고, 그
자리에서 또다시 할멈을 기다렸다. 창고로
쓰이는 별채가 어디 있는지는 알았지만
예의를 차릴 필요가 있었다. 창고까지 가는

동안 할멈은 일부러 그러는 건가 싶을 만큼 느릿느릿 움직였다. 잠시 멈춰서 이런 질문을 던지기도 했다.

"아가씨랑은 무슨 사이냐?"

"그 질문 한 번만 더 들으면 스물일곱 번째예요. 뭔 사이랄 것도 없어요. 그냥 예전부터 알고 지낸 거예요. 무슨 사이가 된다고 해도 난 싫어요. 저런 귀신 같은 여자애랑 하긴 뭘 한다고."

"무슨 사이냐 아니냐가 중요한 게 아니야. 네가 이 질문을 지금껏 스물일곱 번씩이나 들었다는 게 바로 문제야. 어르신이 알면 정말로 경을 칠 일이야. 너도 아가씨 사정은 알고 있을 게다. 난처해질 상황은 피하는 게 좋아. 처신을 잘해야 한단 말이다."

"집안 사정이니 뭐니 내 알 바 아니죠. 그 애 엄마가 죽은 것도 내 잘못은 아니고요. 꼭 잔소리를 해야겠으면 들어가서 해요. 껴입을

옷이라도 좀 가져오거나. 이러다가 얼어
죽겠는데."

투덜거린 소목은 자신이 거짓말을
했을지도 모르겠다고 생각했다. 지독한
추위와는 별개로 몸이 이상하리만치 홧홧했기
때문이다. 이대로 드러누우면 잔디가 사람
모양으로 말라붙을 것만 같았다. 하지만 춥긴
했다. 너무 차가운 걸 만지면 화상을 입는
게 이런 까닭인지. 할멈은 소목을 물끄러미
바라보다가 몸을 돌려 걷기 시작했다. 그리고
창고 문을 열어준 다음 곧바로 떠났다.

쓰레기장으로 떠나지 않았을 뿐이지 이미
잊힌 물건들이 창고를 가득 메웠다. 2백 년
전에나 썼을 것처럼 고풍스러운 아기 요람과,
30년 전의 일자가 인쇄된 지역 일간지 묶음과,
석유난로의 어슴푸레한 빛과, 공기가 있었다.
모든 계절과 날씨가 한데 모인 듯 애매한
공기였다. 매캐하지도 않고 상쾌하지도

않았으며 덥지도 않고 춥지도 않았다.

물건을 버릴 때 거기에 묻은 호흡마저 함께
버린 듯했다. 소목은 모포가 깔린 장의자에
걸터앉아 심호흡했다. 자신이 여기에 버려질
수 없다는 사실이, 내일이 되면 어디로든
가야 한다는 사실이 다행인지 불행인지
긴가민가했다. 일단 고민거리가 많이 남은 건
불행이었다.

솔직히 털어놓고 특이체질 검사를 받을지,
없던 일인 셈 칠지 하는 것은 차라리 쉬운
문제였다. 살인에 가담한 것조차 아니고
목격자가 됐을 뿐이니 자신에겐 별다른
책임이 없었다. 폐가에 그런 사람들이 살
거라고 누가 예상했겠는가 말이다. 게다가
특이체질자로 판명되면 일자리를 얻기도
쉬웠다. 어차피 학교 공부와는 담을 쌓았고
물건을 팔기엔 성격이 나빴다. 용접공이
되느냐, 시체 운반꾼이 되느냐의 기로가 있을

뿐인데 수입은 엇비슷했다. 한편 가족은 자신을 어떤 식으로든 잊고 싶어 하리라는 생각도 들었다. 이대로 사고만 쳐대다가 길거리에서 죽든, 특이체질 검사를 받고 집을 떠나든 간에. 그러면 그들은 형의 성적표를 사라진 나라의 훈장처럼 어루만질 것이며 거기에 만족할 것이다.

결국 계산기를 두드리자면 오늘 있었던 일은 손해가 아니었다. 하지만 세상사에는 타산으로는 해명하지 못할 대목이 있기 마련이었고, 보통은 그게 본질이었다. 소목은 비명 소리를 듣자마자 도망친 놈들, 친구라고 부르기에도 같잖은 녀석들을 생각했다. 그놈들과는 내일부터 모르는 사이라고 생각했다. 비명을 지른 사람과 그 사람에게 죽은 사람을 생각했다. 그 죽음 뒤편에 깔린 스무 해 동안의 삶과 죽음을 생각했다. 그들이 왜 그랬는지는 결코 중요하지 않으며 자신이 알 바조차 아니라고 생각했다.

궁금하고 신기하다는 이유만으로 남의 사정을

알아내려는 태도가 당연해진다면 세상은

멈춰버릴 거라고 생각했다. 남의 창문을

넘겨다보느라 바빠서. 혹은 남에게 창문이

들여다보일까 두려워서.

　　그래서 소목은 나울의 부탁을 생각하기

시작했다. 시험 대체 에세이와, 모두에게

잊혔고 아무도 모르지만 어쨌거나 살아

있었던 사람들의 이야기와, 기억학 수업

성적을 위해 그 이야기를 들여다보고

끄집어내는 일을 생각했다. 나쁜 짓과 비열한

짓은 달랐다. 몰래 폐가에 들어가거나

가게에서 술을 들고 달아나는 건 나쁜

짓이었지만 나울이 하려는 건 비열한

짓이었다. 소목이 느끼기에 둘 중에서 골라야

한다면 전자가 나았고, 어떤 시간은 알려지지

않는 편이 존엄했다.

즉 나울은 심술궂고 얄미운 데다가
비열하기까지 한 애였다. 그 비열함에
휩쓸리지 않으려면 정신을 바짝 차려야 했다.
하지만 이 관계를 끝낼 마음은 들지 않았다.
아마도 내일모레쯤이면 자신은 나울과 함께
금수산을 향해 걷고 있을 것이다. 나울의
태도에 치를 떨면서. 시험 성적 때문에 시체를
보겠다는 건 제정신으로 할 일이 아니지만,
나울은 항상 그랬으니까. 그리고 나울의
곁에는 항상 자신이 있었으니까.

소목은 자신이 왜 이러는가 생각해봤다.
치골 때문은 아니었다. 정말이었다.

사람들은 죽은 이가 한때 살아 있었음을
안다. 그 사람이 모범생이었다거나 직장에서
좋은 평가를 받았다거나 자식이 둘

있었다거나 하는 것도 안다. 절반가량은 그런 것조차 잊어버리기도 하지만 어느 정도는 기억한다. 그러나 그런 사실들이 정확히 어떤 인상을 남겼는지는 떠올리지 못하고, 각각의 사실이 어떤 세부 사항으로 채워져 있는지도 읊을 수 없다.

그러니까 죽은 이를 잊는다는 것은 함께했던 시간을 툭 잘라내는 것과는 다르다. 그건 오히려 시간을 아주 빠르게 감아서 핵심만을 남기는 일에 가깝다. 부패한 시체가 뼈다귀로 변하듯이, 현존은 망각을 거쳐 이야기의 씨앗으로 변한다. 삶의 역동에 비하면 훨씬 간략하고 명쾌한 이야기로. 영웅의 업적은 교과서 한 단락으로 움츠러들고 위대한 제왕의 삶조차 두 페이지 분량으로 쭈그러들고 만다. 어떤 작가는 그걸 다시 수십만 자로 펼쳐내며 소설 속 등장인물들은 정말로 살아 숨 쉬는 듯하지만,

그럼에도 과거의 존재들이 살아 돌아오는 일은 없다. 여전히 이야기뿐이다.

흥미진진하고 아름다운 이야기들은 언제고 사람을 매혹시킬 힘이 있을지라도 이웃이 건네는 아침 인사와 같은 행복을 전해주지는 못한다. 삶이 우리네 코앞에서 짖고 낑낑대는 (그리고 이따금 고약한 냄새를 풍기는) 개라면, 이야기는 개가 있는 그림이다. 아주 멀리서 바라본 개, 오래전에 보았지만 지금은 소식을 몰라서 상상으로 그린 개, 추측과 기록 사이 어딘가에 존재하는 개, 한 번도 존재하지 않았지만 상상된 개. 그림을 들여다보며 감탄할 수야 있지만 껴안을 방법이 없으므로, 우리의 삶에는 영영 맞붙지 못할 개.

소목의 형은 자랑스러울 만큼 완벽한 이야기로, 이야기라서 아쉬운 이야기로 남았다. 부모님은 종종 죽은 아들의 성적표와

작문 숙제를 꺼내 보면서, 멀쩡히 살았더라면
변호사나 기자가 됐으리라 중얼거리곤
했다. 꿈꾸는 듯한 어조로. 당첨된 복권을
잃어버려서, 일확천금의 기회를 한순간에
날려버린 사건을 후회하듯이. 그 아쉬움에는
죽지 않은 아들에 대한 비관이 포함되었고,
버릇없는 꼬마가 완벽한 소년을 헐뜯기
시작하자 비관은 경멸로 변했다.

　형한테 얻어맞았다는 건 네 착각이야.
분명해. 만약 정말로 그랬다 해도 맞을 짓을
했겠지. 네 평소 행실을 스스로 돌아봐라.
다른 애들은 마음껏 때리고 다니는 녀석이
자기가 좀 맞았다고 유난인 게 말이나
되니. 듣고 있니. 하나도 안 듣고 있지. 열한
살짜리가 어른 말을 아주 귓전으로 흘리고.
열한 살인데 벌써 그 꼬라지면 커서 어떻게
될지 안 봐도 뻔해.

　열한 살의 소목은 살아 있는 것 자체가

주제넘는 일이라고, 형쯤은 되어야 생을 누릴
자격이 있다고 느꼈지만 한편으로는 오기가
커졌다. 어떤 사람들은 옳지도 타당하지도
않은 일을 아주 당연스럽게 저지른다. 그저
하고 싶다는 이유만으로. 소목은 삶을
갈망하는 만큼 시끄럽게 굴었으며 위험한
곳에 드나들었고 시끄러운 친구도 여럿
만들었다. 그러다가도 가끔은 조용한 친구가
생겼다. 거기에는 항상 눈물을 터뜨릴 것
같은 얼굴로 걸어 다녔지만 정작 울진 않는
여자애가 포함됐다. 그 애를 괴롭히려는
녀석이 나타날 때마다 소목이 본때를
보여줬기 때문이다.

유령 같은 여자애였다. 목소리는 물론이고
숨소리조차 아주 작았다. 15년 전쯤 유행했을
법한 리넨 숄로 목을 감싸고 다녔다. 그
아래의 검은색 반소매 드레스는 고급스럽고
오래된 느낌이었는데 그 애한테는 너무

컸다. 얼굴은 허여멀겋고 두 갈래 힘줄이
들여다보일 만큼 말랐다. 가만히 서 있으면
무릎과 팔꿈치에 보조개 같은 빗금이 두 개씩
생겼다. 어느 날 갑자기 공원에 나타났지만
어느 학교에 다니는지, 어디에 사는지는
아무도 몰랐다. 물어봐도 답해주지 않았다.
늦은 저녁에 여관 골목으로 걸어 들어가는
걸 보았다거나, 운전사가 딸린 차를 타고
다닌다거나 하는 소문이 돌았지만 확실한
것은 없었다. 아침 일찍 공원에 나와서 해가
질 때까지 벤치에 앉아 있다는 것 외에는.

그리고 그 이상으로 확실해질 필요도
없었다. 여자애가 말없이 자신을 따라오기
시작했을 때, 그러다가 다음 날이 되어
처음으로 목소리를 들었을 때, 다시 모레가
되어 웃음소리도 들었을 때, 유령처럼
흔들리던 여자애가 그렇게 한 걸음씩
현실에 가까워질 때마다 소목은 설명하기

어려운 환희에 사로잡혔다. 첫 만남으로부터
정확히 두 달이 흐른 날, 여자애는 마지막
신비를 벗어던졌다. 소목에게는 열두 살의
초여름이었다. 숄을 두르기에는 너무 덥지
않냐는 질문에 여자애는 고개를 돌려
어딘가 먼 곳을 바라보았다. 아주 오랫동안.
그러고는 그 자세 그대로 오른팔만을 움직여
숄을 고정한 브로치를 끌렀다. 목이 온통
얼룩덜룩했다. 크레용을 잘못 만진 아이가
남긴 손자국 같았다. 여자애가 몸을 가까이
붙여오더니 귓전에 속살거렸다.

엄마는 죽고 싶어질 때마다 내 목을 졸라.

달콤하도록 아픈 비밀 앞에서 소목은
뭐라고 답해야 할지 알 수 없었고, 자신이
정확히 무엇을 느끼는지도 몰랐다. 입을
열면 웃음이 나오리라는 것만 겨우 알았다.
혹은 이런 말이 튀어 나갈 수도 있었다. 우리
형도 날 많이 때렸어. 형은 죽었어. 소목이

얼굴을 굳히고 눈치 없는 기쁨을 잡아 누르는
동안 여자애는 무슨 생각을 했는지 안녕,
이라고 말했다. 그리고 우아한 동작으로 숄을
두르고는 공원 저편으로 걸어 나가서 완전히
사라졌다. 완전히, 라는 것은 그 여자애가
다음 날도 그다음 날도 보이지 않았다는
의미다.

　　그렇게 사흘째가 되자 아이와 함께
여관에서 지내던 여자가 자살했다는
소문이 돌기 시작했다. 대부분의 죽음은
삶에서 스포트라이트가 걷히는 순간이지만
어떤 죽음은 긴급 편성된 단막극이다.
진짜든 아니든 아무래도 괜찮은 이야기.
등장인물이야 어쨌거나 말하고 듣는 사람들이
즐거운 이야기. 아무도 기억하지 않으므로
잊히지도 않는 이야기. 단막극의 시놉시스는
대강 이랬다.

　　여자는 유망한 신인 배우일 뻔했지만 그

문턱에서 미끄러졌다. 시답잖은 멜로 영화가
뜻밖의 히트를 치면서 출연료가 오르려던
찰나 덜컥 애가 들어섰던 것이다. 상대는
두 집 살림을 차릴 재력은 있었지만 열의가
없는 남자였고, 그래서 여자는 여유로운
삶을 살아가면서도 항상 후회했다. 그리고
언젠가는 남자의 본가에 찾아가 담판을
지어야겠다고 생각했다. 자신이 누릴 수
있었지만 포기해버린 애정에 대해. 무수한
관객의 마음과 맞바꾸었으므로 그만큼은
풍요로워야 할 행복에 대해. 하지만 사랑은
주문에 따라 만들어지는 것이 아니라 단지
있거나 없는 것이라서, 담판은 실패로
돌아갔다.

　　어른들은 여자가 데리고 있던 애가
어떻게 되었는지, 남자가 누군지는
쉬쉬했지만 여자의 이름은 딱히 숨기지
않았다. 이윽고 공립 도서관의 영상 자료실

이용 목록은 그 여자가 주연을 맡았던
영화로 가득 찼다. 소목은 여름 동안 똑같은
영화를 열일곱 번이나 봤다. 시시껄렁한
러브코미디였는데 대부분의 장면은 열두
살짜리의 세계를 아득히 벗어나 있었다.
소목이 이해한 것은 배우가 여자애를
아주 많이 닮았으면서도 완전히 다르다는
사실뿐이었다.

　보조개가 파인 듯한 무릎과, 송곳니가
반짝이는 웃음과, 날렵한 이목구비는
여자애와 똑같았다. 하지만 배우의
얼굴에서는 빛이 났다. 그토록 환하게
반짝이던 사람이 딸의 목을 졸라대다가
자기가 먼저 죽어버렸다는 사실이 역설적으로
느껴졌다. 여자애가 다 자라면 저렇게
되리라는 것 또한. 그런데 여자애가 자랄 수
있을까? 모를 일이었다. 자기 엄마와 함께
죽었다고도 했고 병원으로 보내졌다고도 했다.

❖

　　명확한 구분선이 그어진 것은 아니지만

모든 도시에는 바깥자리라 불리는 구역이

하나씩 있었다. 바깥자리의 중심은 노인들이

모여 사는 시영 아파트였다. 이런 아파트는

몹시 낮은 관리비만을 받고 운영되었다.

언제 죽어도 이상하지 않은 사람들, 불운한

행인을 특이체질자로 만들어버릴 수 있는

사람들이라면 한곳에 모아두는 편이 낫다는

합의 덕분이었다. 병자와 걸인과 얌전한

유형의 광인, 그리고 어떤 이유로든지

일할 수 없는 사람들에게도 동일한 논리가

적용되었다. 또한 그들은 꽤나 높은 확률로

특이체질자였으므로, 바깥에는 장의사와 시신

운반꾼과 사설탐정과 기억 관리인이 많았다.

　　한편 바깥자리에는 공증서도 있었다. 기억

관리인들이 소중한 추억을 대신 맡아준다면

공증서 직원은 시간과 관련된 약속을
다뤘다. 돈을 빌려주었으니 언제까지 갚아야
한다거나, 언제까지 물건을 보내주겠다거나
하는 것들. 혹은 무기한일지라도 누구 하나가
죽으면 정리해야 하는 종류의 약속들. 그런
약속의 명세와 기일을 받아둔 다음, 때가
되면 통지서를 보내는 것이 공증서 직원의
업무였다. 만약 맡겨진 약속이 망각으로
인해 석연찮은 방향으로 흐를 경우는
공증서 소속 조사관들이 탐정 노릇을
맡아주었다. 그들은 공무원이라는 점에서
사설탐정보다는 좋은 대우를 받았지만 큰
틀에서는 비슷한 취급이었다. 도시 사람들은
기억을 위해 바깥에 들르면서도 정작 바깥에
사는 사람들은 기억하지 않으려 했다.
특이체질자가 등장하는 드라마에 열광하는
부류조차 곧잘 그랬다.
　　그건 잔인한 태도이자 존중의 방식이었다.

가십과 연민과 인간적인 관심은 쉽게
구분되지 않았으므로, 자칫했다가는 남의
사연을 퍼즐처럼 꿰어 맞추려 들거나
애당초 알 이유가 없었던 것을 알아놓고는
무섭다며 벌벌 떠는 과오를 범할 수 있었다.
겪어보지 않은 삶에 무작정 이입함으로써
타인의 고통을 훔치는 것 또한 실수의 방식
중 하나였다. 소목은 자신이 저지른 실수도
비슷한 종류일 거라고 생각했다. 예전에는
바깥자리에 들러 흥신소 주변을 기웃거리는
게 취미였다. 형이 죽기 전부터 종종 그랬고,
형이 죽고 거짓말쟁이로 몰린 다음부터는
더 자주 그랬다. 길거리를 서성거리다 보면
피곤해 보이는 표정을 한 어른들이 다가와서
너 부모님 어디 있니, 버스라도 잘못 탄 거니
하고 물었다. 형 이야기를 실컷 떠들어대기만
하면 그들은 소목을 사무실로 데려가서
과자와 커피를 먹여주었다.

소목은 열두 살 봄에 그 짓거리를 멈췄다. 여자애의 목소리가 흥신소에서 먹는 과자보다 달콤했다는 게 결정적인 이유였지만 수치심 또한 컸다. 바깥자리에 드나드는 동안 소목은 자신이 칭얼거리는 꼬마에 불과하다는 사실을 서서히 깨달았다. 말할 필요조차 없는 시간을 거쳐 이곳에 흘러들어온 사람들에게 꼬마의 아픔은 별다른 무게가 없었다. 여든 먹은 노인에게도, 의족을 달고 있는 기억 관리인에게도, 유망한 변호사가 될 뻔했지만 왜인지 흥신소 탐정 노릇에 만족하고 있는 중년에게도. 꼬마가 얼기설기 그린 그림을 칭찬해주는 화가는 너그럽고 친절한 사람이겠지만 그 그림에 값을 쳐주진 않을 것이다. 어린애라 마음이 쓰이는 데다가 대견스럽기도 해서 귀엽게 받아넘길 뿐이다. 만약 서른 줄에 접어든 남자가 그런 그림으로 뻐겨댄다면 꼴같잖다며 비웃을지도 모른다.

분명히 그럴 것이다.

　그러니까 그때까지만 해도 소목은 썩 영리했다. 아무나 붙잡고 어리광을 부려도 괜찮은 나이와 여자 친구를 만들 나이를 구분할 줄 알았고, 하나를 얻었으면 다른 하나는 양심껏 포기해야 한다는 것도 알았다. 하지만 아직 어렸으므로, 기껏 선택한 게 연기처럼 흩어지는 상황에서는 어쩔 줄 모르고 쩔쩔맸다. 그래서 종종 실수를 저질렀다. 여자애의 영화를 다섯 번째로 본 날이었고, 바깥자리에 마지막으로 들른 것은 세 달 전이었으며, 저녁이었다. 도서관에서 나와 버스를 기다리고 있는데 두 버스가 함께 정류장에 도착했다. 집으로 곧장 향하는 노선이 하나, 바깥자리를 거쳐 가는 노선이 하나였다. 주머니에는 버스를 한 번 탈 돈밖에 없었지만 소목은 바깥자리에 가기로 했다. 그리고 친한 흥신소 직원을, 시체 운반꾼을,

장의사를 붙들고 질문을 던졌다. 여관에서 죽은 여자와 그 딸을 아는지, 둘 중 하나라도 살아 있는지, 살아 있다면 어떻게 되었는지.

다들 짚이는 구석이 없다며 고개를 내저었다. 배우 시절의 여자가 궁금하다면 알아봐줄 수 있겠지만 돈이 필요하고, 지금의 여자에 대해서는 돈으로도 알아볼 수 없으리라고 했다. 그것은 함부로 상상할 여유가 없는 사람들 특유의 솔직성이었고 장사꾼의 정직함이었다. 그중 하나가 이렇게 말했다. 보통 사람이 자기 저녁을 망친다면야 무슨 문제겠니. 직접 먹고 죽으려면 독이라도 넣을 수 있을 거야. 하지만 식당은 달라. 너는 재료가 다 떨어졌고 예약도 받지 않는 식당을 기웃거리면서 저녁을 찾고 있는 거야. 심지어 네 나이에 어울리는 식당도 아니야.

끝내 소목은 흥신소 거리를 빠져나와 공증서로 갔다. 공증서는 이 도시에 사는

사람들을 모두 기억하고 있으므로 그
여자애의 이름 또한 있으리라 믿었다. 죽지
않았다면 있을 것이다. 그러나 어음이나
매매 계약이나 보증 따위를 논하는 어른들
사이에 서자 이 모든 시도가 한심스럽게
느껴졌고 눈물도 났다. 소목은 울었다. 얼마
지나지 않아 층계참에서 공증서장 직함을 단
노인이 내려오더니 소년을 사무실로 데려가
사정을 들었다. 노인이 차비를 주며 말하기를,
공증서에서는 그런 일을 처리하지 않는다고
했다. 그뿐이었다.

　돈을 받아 들자 앞으로 바깥자리에는 올
일이 없겠다는 계산이 섰고, 이상한 오기도
생겼다. 소목은 재차 도서관에 가서 여섯
번째로 영화를 봤으며 집까지는 걸어서
갔다. 그 후로도 여자애의 엄마가 나오는
영화라면 무엇이든 찾아보았다. 그녀가
나오는 한 페이지를 위해 오래된 잡지를

훔쳤다. 그럴수록 호기심이 가라앉기는커녕
거세졌지만 멈출 수가 없었다. 갈증을
달래기 위해 바닷물을 들이켜는 기분이었다.
가게에서 라디오를 훔쳐 달아나거나 꼴 보기
싫은 녀석을 때려눕힐 때조차도 머릿속에는
이런 질문들이 둥둥 떠다녔다.

　나는 스크린에서 누구를 발견하고 있는
걸까? 여자애일까, 여자애의 엄마일까, 아니면
여자애가 어른이 된 모습일까? 여자애를
사랑하는 거라면, 나는 그 애를 얼마나 알고
있을까? 살아 있기나 할까? 누군가가 죽어
잊힌다는 건 무슨 의미일까? 나는 세상에
없는 사람과 사랑에 빠진 걸까? 만약 살아
있다면, 여자애는 어떤 사람이 될까? 늦봄과
초여름 사이의 두 달은 어떻게 기억될까?
나는?

　배우의 딸은 물론 나울이다. 형이
등장하는 악몽은 어느덧 스물다섯 살의

나울이 나오는 백일몽으로 변했다. 그 애의
어머니가 출세작이었어야 할 영화를 찍었던
나이. 오래된 은잔처럼 정갈하게 빛나는 새틴
스타킹과 길고 가느다란 발목. 심장에서
출발해 배꼽 아래로 굴러떨어지는 불길.
상상에는 끝이 없었다. 소목은 무수한 이야기
속에서 무수한 비참과 환희를 맛보았다.
상상으로부터 출발한 이야기는 너무나도
그럴듯한 데다가 매혹적이기까지 하다. 반면
현실은 터무니없으며 바보 같다.

❖

　영원할 것만 같던 환상은 한 해 만에
끝났다. 끝났다기보다는 대체되었다.
열세 살 여름, 도서관의 영상 자료실이
한적해지고 배우 이야기는 시들해지다 못해
아예 잊혔을 때였다. 그때 소목은 친구들과

함께 백화점 주차장을 기웃대는 중이었다.
차 문을 열어놓고 다니는 사람들이 종종
있었는데, 운이 좋으면 수납함에서 지폐
뭉치나 담뱃갑을 발견할 수 있었다. 수입이 꽤
쏠쏠했다.

다만 돈을 벌기 위해서는 자동차 브랜드
공부가 필요했다. 열리지도 않는 손잡이를
잡아당기다 보면 눈치 빠른 어른들이 다가와
이렇게 물었기 때문이다. 그거 너희 부모님
자동차 맞니. 그러면 소목은 이렇게 대답했다.
삼촌 차 타고 왔어요. 삼촌이 먼저 내려가
있으라고 했거든요. 검은색 캐딜락이었다는
건 기억이 나는데 다른 건 긴가민가해서요.
소목과 친구들에게는 삼촌이 많았으며 그
삼촌들은 세상의 모든 차를 가지고 있었다.
크라이슬러, 알파 로메오, 란치아, 마루티
스즈키, 그리고 시트로엥.

분명히 시트로엥이었다. 소목은 범퍼가

쪼개지다시피 한 구형 시트로엥 해치백을
보며 별 볼 일 없겠다고 생각했다. 그래도
문을 꽁꽁 걸어 닫은 슈퍼카보다는 활짝
열린 고물이 나은 법이다. 자기 차를 아끼지
않는 사람일수록 열쇠 잠그기를 잊어버릴
확률이 높았다. 소목은 다른 녀석들에게
눈짓으로 신호를 보낸 뒤 목표물을 향해
뚜벅뚜벅 걸어가 작업에 착수했다. 뒷좌석
오른쪽 문은 열리지 않았다. 왼쪽 문도 닫혀
있었다. 앞좌석 왼쪽 문도 마찬가지였다.
실망할 준비를 하려던 찰나 오른쪽 문이
열렸다. 전리품을 챙기려는데 뒤에서 불쑥
나타난 손가락이 소목을 붙잡았다. 소목은
준비해두었던 변명을 목 끝까지 끌어 올린
채로 고개를 돌렸다. 꿈속에서나 보던 얼굴이
웃고 있었다.

"나 기억하지?"

소목은 고개를 끄덕였다.

"이거, 네 차 아니지?"

소목은 다시 고개를 끄덕였다.

나울은 자동차 문을 닫았고, 한 블록 뒤에 숨어 있던 소목의 친구들에게 저리 가라는 듯한 손짓을 보낸 다음, 소목을 B1-34라 쓰인 기둥 너머로 데려갔다. 지하 1층 34번 블록. 나울의 태도는 영지를 시찰하는 백작처럼 자연스러웠으며 비단 블라우스는 새까맸다. 무릎보다 살짝 높은 위치에서 끊기는 치마도 새까맸다. 스태프 롤이 모두 올라가고 영사기마저 꺼진 뒤의 스크린 같았다. 소목은 자신이 영화 속에 들어왔을지도 모르겠다고 생각했고, 블라우스 아래 숨은 살갗이 무슨 색인지 알 듯한 기분에 사로잡혔다. 그 영화에서 많이 봤다.

나울의 입술이 달싹였다.

"너랑 친하게 지냈던 기억이 나. 딱 그거 하나만."

소목은 겨우겨우 혀를 움직였다.

"작년에. 작년에 같이 다녔지. 두 달쯤."

나울이 깃털처럼 가볍게 웃었다.

"그게 두 달밖에 안 됐구나. 기억이 거의 안 나."

나울은 자신이 열세 살이지만 한 살인 것처럼 느껴진다고 말했다. 작년에 어머니가 죽은 후로 아버지의 집에서 지내게 되었는데, 그 이전의 기억은 희미하다고 했다. 어쩌다가 자신이 여기까지 오게 되었는지, 어머니는 어떤 사람이었는지, 어머니와 함께 지낼 때의 자신은 어땠는지 모르겠다고 했다. 어느 누구도 말해주지 않는다고 했다.

"나는 아마도 엄마의 무덤에서 태어난 것 같아. 그래서 항상 전생을 알려줄 사람을 찾아다녔어."

소목은 할 말이 많았지만, 지금까지 어떻게 지냈는지를 우선 물었다. 그리고

나울의 아버지는 이 도시의 지방법원장으로,
갑자기 생긴 막내딸을 위해(혹은 체면치레를
위해) 가정교사를 들일 만한 사람임을 알게
되었다. 내년부터는 학교에 다닐 거라고 했다.
열두 살까지의 불운을 벌충할 만큼 평안한
삶이었다.

아버지는 나울을 어색한 손님처럼 대했다.
그만큼 정중하고 조심스러웠다. 각각 열두 살,
아홉 살 터울인 오빠들은 이복동생의 존재를
석연찮게 느꼈지만 뭐라 하진 않았다. 그들은
아버지의 실수에 배신감을 느낄 정도로 어린
나이가 아니었다. 한편 할멈과 정원사는 열세
살짜리라면 누구든 손녀처럼 아낄 나이였다.
혼란에 사로잡힌 소녀에게 필요한 모든
마음이 거기에 있었다. 어머니와 친구만 빼면.

나울은 자신의 어머니가 누구인지, 자신이
원래 누구였는지 알고 싶어 했다. 그리고
유일하게 기억에 남은 친구, 그런데 이름도

목소리도 성격도 떠오르지 않는 친구를 다시 보길 바랐다. 소목은 자신의 존재가 망각을 이겨냈다는 사실에 기쁨을 느꼈고, 나울이 아버지의 집에서 잘 지낸다니 다행이라고 생각했지만, 유령을 닮은 여자애가 영영 사라졌다는 데에는 상실감을 느꼈다. 배신감이나 수치심일 수도 있었다. 매일 밤 꿈속에서 여자애는 언제나 목 졸려 죽어가며 구원을 기다리는 역할이었다. 천국으로 떠난 사람을 구원하겠다는 것만큼이나 오만한 소망은 없을 것이다.

하지만 소목은 그 오만함을 다시금 누리고 싶었다.

"시간이 나면 도서관에 가자. 보여줄 게 있어."

"지금도 시간은 충분해."

"그러면 도서관에 가자."

소목과 나울은 백화점 주차장을 빠져나와

버스를 탔고, 30분쯤 떨어진 곳에서 내렸고,

15분을 더 걸었다. 그러는 사이 소목은

나울이 반쯤 가출한 상태라는 걸 알게 되었다.

운전사 겸 정원사와 함께 백화점에 들렀다가

소목을 보게 된 것이다. 그러니까 나울은

화장실에 가겠다며 운전사를 떼어놓은

뒤 소목을 데리고 나올 정도로 무모한

여자애가 되어 있었다. 한 해 사이에, 엄마가

사라졌다는 이유만으로. 그래서 영화의

첫 장면이 영상 자료실 벽면에 나타났을

때, 소목은 자신이 무슨 잘못을 저지르고

있는 것인가 생각해봤다. 나울은 과거를

알고 싶어 했다. 그 과거는 나빴다. 나울의

아버지가 가정교사를 붙여준 것도 그래서일

터였다. 하지만 자신은 그 과거를 좋아했다.

그러니까…….

　　나울은 영화의 내용에 별다른 감명을

받지 못했지만 자신의 미래에는 도취된

듯했다. 나울은 스태프 롤 화면에서 시선을
떼지 않고 말했다. 저 사람이 우리 엄마였다는
거지. 언젠가 아빠가 이렇게 말한 적이
있었어. 내가 엄마를 닮았다고. 조금만 크면
완전히 똑같아질 거라고. 무슨 뜻이냐고
물으니까 그게 다라고 했어. 이런 뜻이었구나.
아빠도 이 영화를 봤겠지. 아직도 보고 있을지
몰라. 다른 영화는 더 없어? 다른 이야기는?

　　소목은 정말로 듣고 싶으냐고 물었다.
면죄부를 미리 받아놓을 생각이었다.

　　나울은 뭐든 말해달라고 했다.

　　소목은 사실대로 말했다.

　　나울은 가만히 들었고, 이야기가 끝난
후에는 한동안 침묵했다.

　　소목은 괜찮으냐고 물었고, 나울은 입가에
은근한 웃음을 그렸다.

　　"엄마가 좋은 사람이 아니었다는 건
처음부터 짐작했어. 그랬더라면 묻지 않아도

먼저 말해줬을 테니까. 나는 사실 엄마가
아니라 다른 걸 궁금해하고 있었던 것 같아.
엄마랑 같이 지냈던 시간을 완전히 잊어버린
게 좋은 일인지, 나쁜 일인지. 잊어버렸다는
걸 다행으로 여겨야 할지, 후회하고
아쉬워해야 할지. 그걸 알아낼 가치가 있는지."

　　나울은 잠시 쉬었다가 짧게 덧붙였다.
별다른 감정이 깃들지 않아서 더더욱
단호하게 들리는 목소리였다. 선언 같았다.

　　"엄마는 날 낳은 걸 후회했을 거야. 난
엄마를 잊어버린 걸 후회하지 않아."

　　그리고 나울은 고맙다는 말과 함께 영상
자료실을 떠났다. 소목은 망치로 머리를
얻어맞은 듯 굳어 있다가 화들짝 놀라
따라나섰다. 나울은 도서관 입구의 직원을
붙잡고 자기네 집에 연락해달라며 부탁하는
중이었다. 소목은 그 부탁이 받아들여지기를
기다렸다가 가까이 다가갔다.

"엄마를 잊어버려도 아무 상관 없다고
했지. 그러면 난 어떡할 거야?"

"할 이야기는 아까 다 했잖아. 그런데 너랑
뭘 어떡한다는 거니?"

"나는 네가 날 기억했으면 좋겠어.
앞으로도 계속. 난 계속 널 기억하고
있었는데."

"너 바보구나."

소목은 그제야 얼굴이 새빨개졌다. 그
한마디에 아주 부끄러운 부분을 찔린 듯했고,
약점을 간파당한 듯도 했다. 한편 부모님이나
자신이 이토록 간편하게 형을 잊었더라면
얼마나 좋았을까 생각하기도 했다.

무언가를 기억하거나 이야기를
만들어내는 일은 언제나 족쇄다. 그 족쇄가
제 발에 채워지느냐, 남을 옭아매느냐 하는
차이가 있을 뿐이다. 소목은 자신이 그 족쇄를
다루는 일에 아무런 소질이 없을 뿐만 아니라

손해만 보는 위치임을 깨달았고, 바깥자리 사람들이 가십에 심드렁한 태도를 보이는 이유를 알아차렸다. 위험한 게임에 임할 때는 조심스러워야 한다.

나울과의 재회를 계기로 소목은 타인의 사정을 궁금해하는 일을 그만두었다. 자신에 대해서도, 형에 대해서도 생각하지 않기로 했다. 그게 현명했다. 하지만 왜인지 나울은 소목의 세계에 남았다. 소목은 비열한 여자애를 만날 때마다 스크린 속의 여자와, 여관에서 죽은 배우와, 목덜미가 얼룩덜룩하던 여자애를 혼동했다. 그래서 소목은 바보가 되었다. 자신이 정말로 사랑하는 사람이 누구인지 알아내기 전에는 아무도 만지지 않으리라 다짐한 바보였다.

소목은 3년 내리 바보짓을 하고 있었다.

❖

　그러니까 뼈의 감촉은 하나도 중요하지
않았다. 살덩어리도. 문제의 핵심은 자신이
바보며 매사 바보짓을 저지른다는 데에
있었다. 그것도 이젠 관둘 때가 됐다.

　소목은 이를 질끈 악문 채 마음속으로
다짐했다. 자고 일어나면 곧바로 경찰서에
가서 사정을 털어놓은 뒤 검사를 받을 것이다.
새로운 삶을 찾아볼 것이다. 시체 운반꾼이
되든, 사설탐정이 되든 간에 그 삶에는
지긋지긋한 가족은 물론이고 비열한 여자애도
없을 예정이다. 기억학 시험 에세이는 더더욱
없다. 없어야만 한다. 어릴 때 두어 달쯤 알고
지냈다는 이유만으로 아직까지 휘둘리는 건
말이 안 된다. 애당초 공원에 말없이 앉아
있던 여자애는 사라진 지 오래고, 피차일반 그
사실을 안다. 그런데 왜일까.

나울을 제하면 어떤 바보짓도 성립하지 않았으므로, 소목은 나울의 제안을 곱씹어야만 했다. 시험 성적을 위해 남의 사정을 들춰볼 마음은 여전히 없었지만 폐가에 살던 사람들의 존재가 의아스러운 것은 사실이었다. 1층 창문에 철판을 덧대고 20년 동안 죽은 듯 살다가 급기야 다른 한 사람을 죽여버리는 건 도대체 어떤 종류의 일인지. 아마도 그 사람들은 신경증이라는 말로도 설명하지 못할 만큼 제정신이 아니었을 테고 스무 해라는 시간은 어떤 식으로도 설명될 수 없을 터였다. 그러니까 추측을 한답시고 영락(零落)한 사람들 특유의 허위의식 따위를 들먹여봤자 껍데기일 뿐이다. 모호함을 붙잡아 가두려는 형틀이다. 불가사의한 진실에는 형틀을 떨쳐내려는 성질이 있고, 그래서 최종적으로 아무것도 아니게 된다.

아무것도 아니지만 여전히 진실한 것들의 목록. 그 사람들이 은둔을 택한 데에는 합리적인 이유가 있거나 미친 이유가 있었으리라는 것. 자신이 나울을 사랑했거나 나울의 어머니를 사랑했거나 어느 누구도 사랑하지 않았다는 것. 나울에게 기억할 만한 과거가 있거나 없다는 것. 형이 자신을 때렸거나 때리지 않았다는 것. 그리고 최종적으로는 이렇게 되었으므로 그 출발점에 큰 의미가 없으며 알 필요조차 없다는 것. 이렇게. 결말이 너무나 명확한데도 시작은 희미한 일들이 있다. 그런 일에 붙들리면 소용없는 줄 알면서도 끝없이 과거를 바라보게 된다. 그것은 고약한 신비다.

그 신비를 뒷받침하는 기억들이 또다시, 두서없이 나열됐다. 기억의 주인공 각각은 아무런 접점이 없었고 닮지도 않았지만, 소목에게는 그 모두가 서로 다른 각도에서

단일한 덩어리를 바라본 결과물인 듯

느껴졌다. 그 덩어리는 소목 자신이었다…….

덩어리. 문득 고개를 들어 올리니 온 사방에

말캉한 살덩어리가 있었다. 그게 하나로

뭉쳤다가 나뉠 때마다 수많은 팔이 뻗어 나와

소목을 휙 던졌다. 소목은 연신 휘둘리다가도

가끔은 반격을 가하듯 팔이 시작되는 자리를

와락 끌어안았다. 그러면 형체도 구분도

없이 흔들리던 살덩어리는 금방 움츠러들고

견고해져서 단 한 명의 여자로 완성되었다.

여자가 속삭이는 말. 에세이를 써야 하는데 네

생각을 했어. 그 목소리에는 사람을 움켜쥐는

전류가 흘렀다. 소목은 뻣뻣이 굳었다. 여자는

깃털 같은 웃음을 터뜨리더니 소목을 밀치고

달아났다. 그리고 다시 이름 없이 향기로운

덩어리가 되었다. 붙잡았고, 달아났고,

붙잡았고, 달아났다. 온몸으로 여자를 껴안아

지지부진한 추격전을 끝내려는 순간 눈이

번쩍 뜨였다. 꿈이었다.

벌떡 일어난 소목은 얼굴을 붉힌 채
한동안 누워 있었다. 뺨이 난로보다 뜨거웠다.
그 열기 속에서 꿈의 잔영이 흔들거리더니
훨씬 구체적인 형태로 되살아났다. 이번에는
모든 게 원하는 대로였다. 꿈속에만 존재하는
여자애는 시키는 대로 움직였고 무엇이든
속삭여주었다. 하지만 어쩐지 김이 샜다.
일어나기로 마음먹은 소목은 신발을 신은 뒤
제자리에서 발을 몇 차례 굴렀다. 그럴 때마다
흐린 빛과 냉기와 통증이 몸 안에서부터
퍼져 나와 살갗과 맞붙었고, 그 후에는 다시
석유난로의 열기와 뼈와 피와 살이 느껴졌다.
그제야 잠이 깼다는 느낌이 들었다.

해의 아래쪽 절반이 창문에 걸려 있었다.
높이로 보아서는 정오를 막 앞둔 듯했다.
할멈이 왔다 갔는지 맞은편 요람 위에 회색
능직 외투가 걸려 있었다. 걸쳐보니 몸에 꼭

맞았고, 버베나 향도 났다. 주머니에 든 돈 몇
푼이 반갑기만 했다. 소목은 꿈속의 팔들이
등 뒤에서 자신을 껴안는 순간을 다시금
떠올리다가 그만 창고 밖으로 걸어 나갔다.
그러고는 담벼락을 넘는 대신 대문을 향해
걷기 시작했다. 이 집의 주인은 법원장 노릇을
하느라 바쁘고 아들 둘도 제 사무실이나 대학
강의실에 있을 게 분명했으니 들킬 걱정은
없었다.

길을 이룬 포석은 동심원을 그리는
형태로 깔려 있었다. 가장 바깥쪽에 위치한
원의 지름은 정확히 세 걸음이었으므로, 세
걸음마다 이전과 동일하면서도 새로운 원이
나타났다. 그 행렬은 빗장 걸린 철문 앞에서
뚝 끊겼다. 몇 번이고 튀어 오르다가 수평선
너머로 사라지는 물수제비 돌처럼. 빗장을 푼
소목은 마지막 원의 한가운데에 서서 뒤를
돌아보았다. 거대한 청동 조각상도, 눈길을

사로잡는 느티나무도 없이 질서 정연한
느낌만으로 사람을 멀리 떨어트려놓는 풍경이
거기에 있었다. 제각기 키가 다르고 모양도
다른 나무들이 엇박자 리듬처럼 절묘하게
어울리면서 2층짜리 벽돌 주택을 꾸며주었다.
창고로 쓰이는 별채와 새하얀 차고에도
각자의 자리가 마련되어 있었으며 그 모두는
하늘과 땅이 생기고 빛과 어둠이 나뉘기
전부터 이 자리에 지금의 형태로 존재했던
듯했다.

어제저녁, 자신이 저 집의 침대 중
하나에서 잠들었다가 깨어났다는 사실이
새삼스럽도록 낯설었다. 소목은 2층에서
정원을 내려다본다면 어떤 기분일까
생각해봤고, 2층에 사는 사람들에 대해서도
생각했다. 한때 망나니였다가 흠잡을 데
없는 신사가 된 남자와 그의 두 아들에 대해.
외로운 여자 하나가 여관에서 죽은 후에도

이 도시의 사람들은 남자를 법원장님이라고 불렀다. 그의 두 아들 또한 비슷한 과오를 안고 있을지도 모르겠지만, 둘은 여전히 도련님이었다. 나울이 어머니의 죽음을 딛고 아가씨가 된 것처럼.

그러니까 수없는 과오와 혼란에도 불구하고 산 사람은 계속 살아간다고, 그래서 망각이 필요한 것이라고, 잊지도 잊히지도 않는 삶은 곧잘 추레해진다고, 소목은 느꼈다. 새삼스럽게도. 하지만 그 추레함이 없으면 세상은 무너질 게 분명했으므로, 소목은 바깥자리를 향해 걷기 시작했다. 제일 가까운 정거장에서 버스를 타고 30분쯤 가면 됐다.

❖

도시 전체를 순회하는 버스 노선도에서 바깥자리는 세 정거장을 차지하고 있었다.

내린 곳은 그중에서도 첫 번째였고, 목적지는
첫 번째와 두 번째 정거장 사이의 공중서였다.
네 해 만이었지만 바뀐 부분은 많지 않았다.
대부분의 간판은 물때가 좀 더 짙어졌을
뿐이지 이전과 똑같았고, 낯선 간판은 한
블록당 한두 개꼴이었다. 소목 또래는
물론이고 청년도 거의 보이지 않았다. 벤치에
앉아 샌드위치를 먹거나 신기하게 생긴
돌멩이를 주워 들고 웃는 것은 대개 노인의
역할이었다.

　그 밖에도 팔꿈치가 잘려나간 자리에서
셔츠 소매를 묶어둔 사람, 아무것도 하지
않고 그저 벤치에 멍하니 앉아 있는 사람,
허공을 향해 중얼거리고 웃는 사람, 그러나
어떤 식으로든 자연스러운 사람들이 소목의
곁을 지났다. 자연스럽다는 것은 딱히
눈에 띄는 구석이 없다는 의미다. 반면
바깥자리의 바깥에서 온 사람들은 확연히

눈길을 끌었다. 불편하고 어색한 표정으로
쭈뼛거리고 있다면, 어느 누구와도 한사코
눈을 마주치지 않으려 한다면 거의 확실했다.
그런 사람들이 시야에 들어올 때마다 소목은
괜히 헛기침하며 자세를 바로잡았다. 자신이
저런 꼴로 걷고 있는 건 아닐까 걱정이었다.
공증서에 들어가면 더 긴장할 것이다.

　　원래는 곧장 경찰서로 가려 했지만
여자의 존재가 마음에 걸렸다. 폐가에는
아직 남편의 신경증으로 고생하다가 끝내
그 병증의 일부가 되어버린 여자가 남아
있었다. 할멈은 그들이 편히 쉬고 있으리라
믿었으니 다른 노인들도 그럴 터였다.
자신이 폐가의 여자와 같은 상황이라면
진실이 밝혀지는 순간을 최대한 늦추고 싶을
듯했고, 곧장 죽음을 택하면 소문으로부터
도피할 수 있으리라는 생각에도 위안을
얻을 듯했다. 무엇보다도 여자는 비극적인

살인자였다. 무게는 비극에 더 많이 실리겠지만 살인이라는 단어를 벗겨낼 수는 없었다. 그러니까 어제 있었던 일을 솔직히 털어놓기란 현명하지도 선량하지도 않은 선택이었다. 이대로 내버려둔다면 그 여자는 죽을 게 분명하다는 사실과도, 살릴 수 있는 사람이라면 살려야 한다는 당위와도 별개로.

그래서 소목은 마지막으로 나울의 제안을 따르기로 했다. 공증서에 가서 그 여자 이름을 대는 것이다. 이름은 자목련이고 할멈보다 나이가 두 살 많다고 했으니 일흔아홉이다. 금수산 아래에 사는 노인을 서류함에서 찾아내기엔 그것만으로도 충분할 것이다. 할머니가 편찮으셔서 일어나지를 못하는데 공증 기록을 꼭 보고 싶어 하신다고, 예전에 중요한 계약을 맺으셨던 것 같은데 잘 모르겠다고 둘러대면 어떻게든 될 것이다. 운이 나빠봐야 법정대리인 위임장을 작성해

오라거나 부모님을 데려오라는 대답을 들을 뿐이고, 요행수가 통한다면 절차를 몇 단계 뛰어넘을 수 있다.

한편 계획을 꾸미는 동안에도 소목의 머릿속에서는 몇 가지 이미지가 되풀이되고 있었다. 죽은 남자의 헤벌어진 입이나, 입술에 축축하게 묻은 침, 밀랍 인형 같은 살갗. 빛바래고 얼룩진 사진을 몰래 훔쳐보는 느낌이 드는 공간. 곰팡이 낀 벽지와 거미가 얼기설기 엮은 레이스. 비명을 지르는 검은 입. 영락한 죽음의 순간들은 하룻밤 사이 처음의 충격을 잃고 이런저런 기억의 일부가 되었지만, 지금 마무리 짓지 않는다면 이후에도 불쑥불쑥 튀어나와 사람을 성가시게 만들 거라는 예감이 있었다. 공증서 건물 앞에 서자 예감은 정련된 확신으로 변했다.

사실 정말로 배려가 필요하다면 집에 가서 드러누워도 될 일이다. 자신의

등을 밀어대는 것은 책임감이라기보다는
자기만족이다. 삶의 다음 단계를 밟아나가기
전에 찜찜한 부분을 해결하고 싶은 것이다.
나울의 앞에서 엉엉 울거나 형과의 기억
때문에 시답잖은 일을 벌이거나 폐가 창문을
열어젖히던 시간을 삶에서 도려내려는
것이다. 아주 깔끔하게. 그러니까 이 모두는
사실 자신을 위한 일이었고, 그 이상의 변명은
불가능했다. 소목은 심호흡한 뒤 문을 열고
들어갔다. 창구 앞에 점판암 색깔의 장의자가
가로놓인 공증서 내부는 돈 냄새도, 활기찬
금속음도 없는 은행과 비슷했다. 5000부셸의
귀리를 내년 겨울까지 인도하겠다는 계약이,
기한이익상실의 문제가, 한때 쓰였다가
잊힌 양해각서가, 채권이, 유가족 소환장과
유언장이 날씨 이야기라도 되는 것처럼
허공을 떠돌았다.

　　물론 이 순간의 사랑을 활자로

바꿔놓으려는 연인도 있었고, 이상한 마음을
품은 소년 또한 있었다. 대기표를 뽑고 순번을
기다리는 동안 소목은 공증된 유언장의 세
가지 판본을 두고 동생과 말다툼을 벌이는
남자의 태도를 눈여겨보았다. 그리고 비슷한
자세로 서서 말하는 법을 연습했다. 이윽고
종이 짧게 울리면서 세 번째 창구 위에 표시된
번호가 87로 변했다. 창구 직원은 소목을 힐끔
올려다보더니 미간을 좁혔다.

"나이가 어떻게 되시죠?"

"아직 열여섯이에요. 할머니 일 때문에
대신 왔어요. 할머니께서 일어나지도 못할
만큼 아픈데, 공증서에서 꼭 찾아와야 할
서류가 있다고 그래요. 의사가 내일이라도
넘기면 기적이래요."

"그러면 자필 서명이 있는 위임장과
신분증 사본이 필요하겠는데요. 가지고
오셨죠."

"그건 어디 있는지 몰라요. 가져오려 했는데 할머니가 정신이 없으셔서."

"서류를 읽으실 수는 있고요? 다른 가족들은 어떻죠?"

"엄마는 없고 아버지가 출장을 갔어요. 열흘 뒤에 와요."

"그 경우라면 시청에 사망신고를 한 뒤 직계친족이 관련 서류를 지참하는 방식으로 열람할 수 있습니다. 그러니까 모레쯤에 서류 챙겨서 오시면 되겠네요."

"필요한 사람이 죽은 뒤에나 서류를 가져갈 수 있다니 말이 이상한데요. 제일 최근에 남긴 기록물이라도 볼 수 있으면 돼요. 성함은 자목련이고 나이는 일흔아홉이에요. 두어 살쯤 차이가 날 수도 있지만 대충 그 정도예요. 주소지는 정확히 모르겠지만 금수산 바로 밑이에요. 거기 전체가 할머니 땅이에요. 이 정도면 찾을 수 있을 거예요.

거기 전체가 할머니 땅이니까요."

소목은 유언장 문제로 화내던 남자를
떠올리며 최대한 완고한 표정을 지었고, 그
일대가 사유지라는 말도 두 번씩이나 했다.
모르는 사람이 보면 너무나도 버릇이 없어서
세상 물정마저 잊어버린 도련님인 줄로 알
것이다. 소목을 빤히 마주 보던 직원은 고개를
설레설레 젓고는 일어나 자료실로 향했다.
그리고 보존 서고로 갔다가, 다시 돌아와서
2층으로 가는 내부 계단을 밟았다. 처음 창구
앞에 섰을 때가 오전 11시 30분이었는데
직원이 계단에서 내려온 건 12시 5분이었다.
어딘가 낯익은 노인이 그 뒤에 서 있었다.

노인은 소목을 지그시 바라보다가
검지로 창구를 빙 둘러오는 궤적을 그렸다.
이쪽으로 넘어오라는 투였다. 소목은 갔다.
일이 이상하리만치 쉽게 풀린다는 느낌에
불안해졌지만 이제 와서 물러날 수는

없었다. 노인은 직원을 자리에 앉히고 창구
번호판을 95번으로 바꾼 뒤 소목과 함께 보존
서고 쪽으로 갔다. 세로 폭이 유달리 좁은
채광창 전후로 단조로운 회색 서류함들이
일렬로 도열했고, 희끄무레한 먼지와 흐린
빛이 그 사이에 줄무늬 패턴처럼 가로놓인
공간이었다. 문을 잠근 노인은 세 번째
서류함의 다섯 번째 칸 앞에 서서 소목을
내려다보았다.

"이런 사람은 어디서 알아낸 게냐?"

노인이 말한 건 이때가 처음이었다.
소목은 짧게 되물었다.

"예?"

"이 보존 서고에 있는 서류들은 적어도
20년간 아무도 찾지 않은 것들이야. 그 오랜
시간 동안 어떤 서류도 빼거나 더해지지
않은 이름, 살았는지 알 수 없지만 죽었다는
소식조차 없는 이름을 모아둔 거야. 네 키가

하나도 크지 않은 것처럼 말이다."

소목은 노인의 정체를 뒤늦게나마
깨달았다. 나울의 행방을 찾는답시고
공증서에 들어가서 엉엉 울었던 날이었다.
공증서장이 소목에게 말하기를, 공증서에서는
그런 일을 처리하지 않는다고 했다. 그러니까
노인은 창구 뒤편으로 소목을 불러내기도
전부터 할머니 이야기가 거짓말임을 알았을
테고, 자신은 처음부터 예상했어야만 했다.
그러나 부끄러워하며 도망치기에도 늦은
참이었다.

"기억하고 계셨네요."

"똑같은 짓을 두 번씩이나 하는 녀석이
있으면 알 수밖에 없지. 궁금해지기도 하고.
또 누굴 찾아다니길래 그러는지 듣고 싶구나."

"저번에는 공증서 업무가 아니라며
돌려보내더니 이번에는 태도가 다른데요.
나울이 법원장님 딸이라 그랬던 거예요?"

"보존 서고에 들어온 서류들은 다시 스무 해가 지나면 파쇄되거나 직계가족에게 보내지지. 혹은 계약 조건에 따라 관련자들에게 통보될 테고. 나는 이 집안을 알아. 여기 다섯 번째 칸은 스무 해 뒤에도 지금 이대로일 테고, 그 후에는 대부분 파쇄될 게다. 서류를 받을 자식들이 없으니까. 그렇다면 지금 꺼내 보더라도 별문제가 아니야."

"꺼내줄 거예요?"

"사정을 듣고 나서 결정하마."

"이번에는 찾아다니는 상대가 있는 건 아니에요. 제 발로 경찰서에 걸어 들어가기 전에 진술서 내용을 정해두고 싶었을 뿐이에요. 모른 척 살 수도 있겠지만요."

"죽은 게 맞구나. 네 짓이냐?"

"죽은 사람은 다른 사람이고, 내가 죽인 것도 아니에요. 만약 나한테 잘못이 있다 쳐도 누군가를 죽이는 종류의 잘못은 아니에요.
하지만 무턱대고 경찰서에 가면 정말로
미안할 짓을 하게 될 것 같아서, 또 나도
기분이 이상해서 그래요."

　　노인은 설명해보라는 듯 고개를 끄덕였고,
소목은 나울에게 했던 이야기를 되풀이했다.
천천히 고개를 끄덕인 노인은 다섯 번째 칸을
열었다. 서류함 안에는 나울의 집 창고에
도사린 것과 비슷한 공기가 웅크려 있었다.
건조하지도 않고 습하지도 않았으며 덥지도
않고 서늘하지도 않았다. 노인은 낡은 서류
더미 전체를 들어낸 뒤 가장 위에 있던
것을 읽지도 않고 소목에게 넘겼다. 소목은
읽었다. 매주 바깥에 내어놓은 쓰레기를
정리하고 필요한 물건들을 가져다달라는
계약이었다. 세금 납부나 간단한 심부름 등도
계약 상대의 몫이었다. 돌봄을 받을 쪽은
폐가의 두 사람이었고 땅을 받을 쪽은 소목이

모르는 사람이었다. 계약금은 상당했고
계약이 끝났을 때의 수당은 훨씬 많았다.
자신이 죽으면 일대의 땅 전체를 상대에게
넘겨주겠다고 했다.

"그건 내가 스무 해 전에 직접 처리한
게다. 보존 서고로 옮기는 것도 직접 했지.
그리고 한 달 전에는 땅을 받을 사람이
쓰러져서 병원에 가게 됐단다. 깨어났다
말았다 한다는구나."

소목은 뒷문 근처에 쌓여 있던
쓰레기봉투를 떠올렸고 폐가에 살던
노인들의 마음을 상상했다. 은둔은 요양처럼
시작되었을지도 모르고, 그 계약은 지인을
가정부로 들이는 일과 비슷했을 것이다.
어쨌거나 공증서까지 와서 계약서를 쓴 것을
보면 처음에는 비밀스럽거나 비참할 일이
없었다. 그러나 그들이 산 아래에서 멈춘 듯
쉬는 동안 시간은 훌쩍 앞서나갔으므로……

한 해나 두 해쯤이라면 따라잡기에 어렵지
않아 보이니 조금 더 쉴 만하고, 다섯
해부터는 정반대의 마음으로 망설이게
되고, 그게 다시 스무 해가 되면 너무나도
막막해져서……

　이건 모두 추측이었지만 달리 가능한
일이 없었으므로, 소목은 말해지지 않은
것들을 계속 생각해봤다. 그 가정부는 무언가
잘못되어가는 중임을 알면서도 비슷한 이유로
세상에 알리지 못했을 것이다. 그래서 뒷문에
내어둔 쓰레기가 쌓이기 시작했을 때, 그런데
문제를 알아줄 상대가 없음을 깨달았을 때
폐가에 살던 두 사람도 죽음을 직감했을
것이다. 혹은 자신들이 오래전부터 죽어
있었음을 깨달았을 것이다.

　"그럼 이젠 어떻게 되죠?"

　"환자가 언제 제정신을 차리느냐에 달린
일이야. 만약 죽으면 직계친족에게 통지서를

보내서 계약을 갱신하라고 말해야 할 테고, 통지서를 보내지 않으면 시작할 수 있는 일이 없어. 어쨌거나 거기는 개인 사유지니까. 폐가에 사는 사람들이 어떻게 됐는지 알아내려면 계약 관련인이 직접 행정명령을 요청해야 해. 혹은 지방청에 납부할 토지세가 6개월 이상 연체될 경우에는 세금징수과 공무원이 방문할 수도 있어. 네 증언이 있으면 이 모든 과정이 단축되겠지."

"이게 법이나 세금 문제라는 생각은 안 드는데요."

"그러면 다른 식으로 말해보자. 어쨌거나 안주인 되시는 분은 죽지 않았다면 병원으로 옮겨질 테고, 계약관계가 정리된 후에는 시영 아파트에서 살게 될 거야. 심신미약으로 기소유예가 나올지도 모르겠지만 살인 혐의 자체는 피하기 어려워. 사람들이 또 한바탕 떠들어대겠지. 기자들이 폐가 사진을 찍어간

다음에는 너 같은 녀석들도 잔뜩 찾아올
게다."

"그런 다음에는요?"

"그때 가봐야 알 일이지."

노인이 말하기를, 알려지지 않았던 사실이
발굴될지, 다음 날 소식에 파묻혀 잊힐지,
으스스한 괴담으로 변할지는 정말로 그때가
되어서야 알 일이라고 했다. 대부분은 잊힐
공산이 크지만 사람들이 살아 있고 기록이
남아 있다면 완전한 끝은 없으리라고도 했다.
그 설명의 명쾌함은 허전한 느낌과 거의
구분되지 않았으므로, 소목은 흰 벽에 낙서를
더하듯 중얼거렸다.

"시시하네요."

"세상 일이라는 게 대체로 그래."

"이건 내 생각인데, 모두에게 잊히는 건
나쁜 일이지만 알려지는 것도 꼭 좋다고만은
말할 수 없는 것 같아요. 뭘 기억한다거나

안다거나 하는 것도 마찬가지죠. 그리고
그게 다 한 덩어리 같아요. 어떤 기억은
완전히 잊는 편이 낫지만 자기가 잊어버린
걸 알아내려고 애쓰는 사람도 있고, 또,
뭔가를 안다는 게 지어낸 이야기와 확실히
구분되는 것 같지도 않아요. 나울네 할멈한테
폐가에 누가 사느냐고 물었더니, 거기 살던
부부가 스무 해쯤 전에 어딘가로 요양을
갔는데 그 후로는 소식을 모르겠다고
하더라고요. 그래도 돈깨나 있는 집안이니
잘살고 있을 거라던데. 완전히 반대였죠.
무슨 일이었는진 몰라도 못살고 있었고,
요양을 간 것도 아니었어요. 그러니까 죽지도
않았고 잊히지도 않았는데 죽고 잊힌 거나
다름없는 사람이 된 거예요. 그리고 정확히
무슨 사연으로 그렇게 됐는지는 누구도
모를 거예요. 누구도 모르지만 다들 아는 척
떠들 거예요. 그리고 아무렇게나 떠들어댄

내용은 다시 그 사람들에 대한 설명이 될 거예요. 이런 게 항상 헷갈렸어요. 헷갈리다 못해 짜증이 났어요. 여자애도 그래요. 그 여자애도—"

거기서부터 낱말들이 제멋대로 달려나가며 앞서거니 뒤서거니 했다. 소목은 나울의 손길과 형의 그림자 사이에서 갈팡질팡하는 자신을 발견했고, 나울의 삶과 도시의 소문과 영화의 시놉시스가 뒤섞이는 것을 느꼈으며, 나울이 자신을 기억했다는 게 무슨 의미인지 모르겠다고도 말했다. 스스로가 누구였는지 떠올리지 못하는 사람은 이전의 그 사람이 아니었다. 그렇다면 조각조각 남은 기억도 누군가의 몫일 수 없었다. 그건 단지 수거되기만을 기다리는 쓰레기 같았다. 소목이 느끼기로는 모든 종류의 기억이 그런 식이었다.

"다시 폐가 이야기나 해보죠. 내가 입을

다물면 거긴 버려진 상태로 남을 거예요.
노친네들은 가짜 기억을 믿다가 죽겠고,
폐가에 살던 여자도 마음이 편하겠죠.
굶어 죽긴 하겠지만. 하지만 경찰서에 가서
솔직히 말하면 난리가 날 테고, 그 후에는
다들 잊어버릴 거예요. 대충 저기에 누가
살았다더라 하는 이야기만 괴담처럼 남을
테고요. 그러면 누가 살았다거나 죽었다거나
잊혔다거나 하는 게 무슨 소용인가 싶어요."

"살고 죽는 문제는 중요하지. 매일 식사를
해야 배가 부를 수 있다는 것만큼이나 말이다.
그리고 그것 이상으로 중요하진 않아."

"내가 지금 하려는 말은 그게 아닌데요.
알잖아요. 죽은 사람은 잊힌다거나,
기억된다는 건 존재한다는 의미라거나,
살았는데도 아예 존재하지 않는 듯한 사람이
있다거나 하는 말들요. 아니면 삶과 기억이
아예 엇나간 사람도 있다는 거요. 그런 거요."

"나는 네가 고민하는 부분도 별다를 바 없다고 답하는 거야. 그건 당연한 이치 중 하나야. 삶의 일부야."

노인은 그렇게 말하고는 한 차례 더 되풀이했다.

"순간적인 인상과 진실을 혼동하고 뜬소문이 생겨나는 건 당연한 이치 중 하나야. 먹다 남긴 음식이 상하고 초파리가 꼬이는 것과 크게 다를 바 없어. 그러니까 놀랄 것도 혼란스러워할 것도 없고 과한 의미를 찾을 필요도 없는 거야. 물론 조심할 필요야 있겠지만 그 조심성은 자기 식사에 필요한 정도면 충분해. 세상의 모든 음식을 냉동고에 넣어둘 수는 없다는 게다."

"교과서에서는 다르게 설명하는 것 같던데요. 애당초 기억이라는 건 나 혼자 한다고 끝나는 게 아니잖아요."

"그게 한 사람 몫이 아니라는 것이야말로

가장 큰 이유지. 너 이 고장 바깥으로 나가본 적이 있느냐. 여행이든 이사든 간에."

"없죠."

"그러면 바다를 본 적도 없는 셈이지."

"사진으로는 많이 봤죠. 영화에서도."

"그러니까 너는 엽서에 담긴 바다 그림을 근거로 파도와 싸우려 하는구나. 애당초 이야기와 앎과 기억을 명백히 구분할 수 있다는 믿음이야말로 착시 같은 거야. 죽은 사람이 잊힌다는 사실 하나에 집착하느라 우리가 항상 무언가를 잊고 다시 만듦으로써만 살아갈 수 있다는 사실을 외면하는 거야. 너나 나 각각이 아니라 우리 전체가. 그러니까 잊히지도 만들어지지도 않는 불변의 무언가를 믿고 쫓아가기란 매 순간 출렁이는 바다로부터 수면을 교묘하게 벗겨내서 그 아래의 물을, 껍데기가 사라졌고 움직임도 없는 물을 얻어내려는

시도나 마찬가지야. 아무짝에도 쓸데없고
가능하지조차 않은 거야."

"특이체질자가 이렇게 말한다니
신기한데요. 누가 죽든 한결같이 기억하는
사람들이잖아요. 뜬소문은 듣지 않으려
하고요. 안 그래요?"

"한결같지는 않아. 시간이 흐르면 우리도
잊지. 대신 남들이 하루 만에 흘려 넘길
죽음을 천천히, 아주 천천히 소화할 뿐이야.
당연히 소화된 결과물은 원래의 것과 같을
수 없지. 다만 뜬소문을 꺼리는 건 그게
우리 직업과 연관된 문제기 때문이야. 너도
바깥자리에서 일하다 보면 자연스레 이해할
게다. 내 나이가 되면 더더욱."

"그 얘기는 서장님이 늙어서 하는
소리인가요, 아니면 특이체질자라서 하는
소리인가요?"

"아마도 둘 다겠지."

"그래도 난 영원히 변하지 않는 게, 최소한 확실하기라도 한 게 하나쯤은 있어야 한다고 생각해요. 자기 자신한테나 남들한테나. 그러면 그걸 기준점으로 쓸 수 있을 테니까요. 이렇게 애매한 소리나 늘어놓는 게 아니라요."

"그것까지도 만들어내는 거지."

"만들어낸다고요? 그런 걸 만들 수는 없을 것 같은데. 뭐가 어쨌든 난 그 여자애가 누군지 모르겠어요. 알 것 같은데, 지금까지 계속 알고 지냈는데 하나도 모르겠다는 게 짜증이 나요. 검사 결과가 나오면 연락을 끊고 싶지만 안 끊을 수도 있어요. 물론 걔를 폐가에 데려다줄 수도 있겠죠. 왜냐하면 같이 한 시간이나 걸을 수 있고, 빌린 외투도 돌려줘야 하니까. 그런데 걔가 좀 착해지면 좋을 것 같긴 해요. 사람 바보 취급하는 것도 멈추고요."

말해놓고 보니 이 모든 대화가 여자애

일로 귀결된다는 사실이 우습게만 느껴졌다.
하지만 이제야 인정하건대, 그건 정말로
중요한 문제였다. 폐가의 죽음보다, 형보다,
가족보다, 심지어 자신의 미래보다 더
중요했다. 소목 한 사람에게만큼은 그랬다.
거창할 것도 없는 의문 하나에 인생의 4분의
1을 묶어놓았다면 말 다한 것이다. 노인은
소목을 빤히 바라보더니 허허 웃었다.

"네 나이가 열여섯이라고 했지. 그
여자애는 널 좋아하냐?"

"누군지도 모르는 애인데 그걸 어떻게
알아요? 아무 관련 없고 생각하기도 싫어요."

주름진 손이 소목에게서 오래된 계약서를
휙 채어갔다. 노인은 튀어나온 종이가 없도록
서류 뭉치를 앞과 옆으로 툭툭 내려친 다음
옆구리에 꼈다. 서류함 문이 닫히며 녹슨
쇠가 긁히는 소리를 냈고, 시야에서도 어두운
구멍이 사라졌다. 이 순간으로부터 직육면체

공간을 잠깐 덜어냈다가 다시 끼워 넣은 듯했다. 노인은 서류를 힐끔 보고는 소목과 시선을 맞췄다.

"좋아, 굳이 경찰서에 갈 필요가 없다는 말부터 하마. 공증서 조사관 업무 중에는 보존 서고에 들어간 사람들을 찾아내는 게 있거든. 증언만 있으면 조사에 착수할 수 있지. 이 조사는 지역 공증서의 권한이라 어떤 부분은 조사관 재량으로 잊어 넘길 수 있어. 기록을 남기고 처리 근거를 소명해야 하는 것과는 별개로, 타당한 이유가 있다면 문제를 아예 묻을 수 있단 말이야. 그런 재량은 무섭게 쓰일 수도 있지만 가끔은 반드시 필요한 것이기도 하지. 너도 그 불쌍한 늙은이를 살인자로 만들고 싶지는 않을 게다, 그렇지?"

소목은 어색하게 고개를 끄덕였다. 사건 자체를 일어나지 않은 셈 치겠다는 것은 타인의 기억을 결정할 수 있다는 의미였고,

그건 말 그대로 무서운 일이었다. 하지만 그 두려움은 폐가의 노인이 겪을 구설수에 비하면 사소한 듯했다.

"그러니까 앞으로 할 일을 정리해보도록 하자. 너는 나와 함께 2층으로 올라가서 증언진술서를 작성한 다음 서명을 할 거야. 사람이 죽는 장면을 봤다는 건 빼고, 폐가 안을 들여다보았다는 것까지만. 그러면 모레 저녁쯤에 조사관을 보낼 수 있을 게다. 안주인 되시는 분이 그때까지 살아 계실지 모르겠구나. 혹시 모르니 오늘 브랜디랑 먹을거리를 좀 가져가도록 해. 겸사겸사 상황 설명도 하고 말이야. 물론 이건 대화가 통하거나 살아 있다는 전제하에서야."

"폐가에 다시 가란 거예요? 브랜디는 어디서 구하고요?"

"브랜디는 내가 한 병 줄 예정인데, 원한다면 몇 모금 따로 챙겨도 되지만 혼자

다 마시면 안 돼. 이건 심부름이고 넌 아직
열여섯이야. 다녀온 뒤에 어떻게 됐는지
알려주면 그때 검사를 도와주마."

❖

절차를 마치고 공증서를 나왔을 때
소목의 손에는 브랜디와 사탕 한 통이 담긴
배낭이 들려 있었다. 작은 손전등도 함께였다.
시간은 오후 1시 반. 정류장 근처 구멍가게는
유통기한이 거의 끝나가는 과자를 절반
가격에 파는 중이었다. 외투 주머니의 돈은
버스를 세 번 타거나, 과자를 사고 버스를
두 번 탈 정도였다. 살까 말까 고민하는 사이
버스가 왔다. 소목이 사는 거리를 경유해 시
외곽으로 빠져나갔다가 바깥자리로 돌아오는
순환노선이었다.

절묘한 시점에 절묘한 버스가 온

셈이었다. 마치 점지처럼. 소목은 과자를
내려놓았다. 낮이라 그런지 버스에는
빈자리가 많았다. 창가에 앉은 채 꾸벅꾸벅
졸다가 번뜩 눈을 떴다. 창밖 풍경이 서서히
속도를 줄이며 집 앞 정류장에 근접하고
있었다. 이것 또한 점지 같았다. 소목은
차에서 내려 집으로 향했다. 모두가 각자의
이유로 자리를 비운 집은 액침 표본처럼 맑고
투명한 그림자에 잠겨 있었다. 검사 결과를
내밀면서 사정을 읊으면 또 시끄러워지겠지만
지금은 아니다. 소목은 거실 벽에 걸린
가족사진과, 가족사진 한가운데의 형과,
다른 가족을 물끄러미 바라보다가 주방으로
향했다. 냄비에 식은 국이 있었다.

　　적당히 따뜻할 정도로만 데워서 늦은
점심을 먹은 다음, 작은 병에 자기 몫의
브랜디를 세 모금 옮겨 담았고, 이도 닦았다.
그러고 나서 시간을 보자 3시였다. 심부름을

미룰 이유를 만드는 것도 여기까지인 듯했다. 어차피 특별한 이유가 있어서 능장을 부리는 것도 아니거니와, 더 미뤄봤자 한밤중에 폐가 복도를 걷는 꼴밖에는 나지 않을 테니 지금 출발하는 편이 좋았다. 소목은 자신이 마실 브랜디를 주머니에, 폐가의 노인에게 전해줄 몫은 배낭에 담은 채 다시 집을 나섰다.

그런데 가장 먼저 온 버스의 노선은 나울이 다니는 학교를 경유했으므로, 출발을 늦출 이유가 또다시 생겼다.

버스에서 내린 소목은 나울의 학교를 향해 걷기 시작했다. 수위가 둘 있는 정문을 지날 무렵 뎅, 뎅, 뎅 하는 소리가 울리기 시작하더니 뒷구멍에 이르러 뚝 그쳤다. 마지막 수업의 끝을 알리는 종이었다. 소목은

서둘러 나울의 차를 찾으려 했지만 잘되지
않았고, 그러는 사이 학생들이 쏟아져
나왔으며, 나울을 찾는 것은 더 어려워졌다.

그래서 막 출발하려는 자동차의
뒷좌석에서 얼핏 나울의 윤곽을 포착한
순간, 소목은 이것까지가 오늘의 운명이라고
생각했다. 가까이 다가가자 슬금슬금
움직이던 자동차도 소목을 알아보고 멈췄다.
막이 올라가며 배우의 모습이 드러나듯,
뒷좌석 차창이 내려앉으면서 둥근 이마와
새까만 눈동자와 날렵한 콧대와 묘한 웃음이
차례대로 나타났다. 그 웃음이 위아래로
슬쩍 벌어지더니 속삭임 같은 목소리를 불어
내쉬었다.

"어떻게 들어왔어?"

"샛길로. 네가 알려줬잖아."

말없이 미간을 좁히는 운전사 할아범의
얼굴이 룸미러에 비쳐 보였다. 만약 할아범과

함께 교정 뒤편을 10분쯤 걸어야 한다면
할멈과 똑같은 대화를 하게 될 것이다.
그러니까 노인이 이 일을 일러바치진
않으리라는 믿음은 있었지만, 마음이 별수
없이 조급해졌다. 소목은 곧장 본론을 꺼내
들었다.

　"에세이 쓰는 거, 도와줄게. 아무리 늦어도
11시 전엔 돌아갈 수 있을 거야."

　"농담하는 거 아니지?"

　"그럴 거면 여기까지 오지도 않았어."

　나울이 까르르 웃더니 잠깐만, 이라고
말했다. 차창이 밀려 올라가면서 나울의
옆모습이 어슴푸레한 형체로 변했고, 시간이
잠시 멎었다. 그러고는 문이 열리면서 나울이
나왔다. 이제 보니 외투는 없이 적갈색 교복만
입고 있어서, 그런데 또 납작한 회색 모자는
멀쩡히 쓰고 있어서, 소목은 잠시 고개를 돌려
다른 학생들을 살폈다. 다들 무언가 덧입고

있었다.

"할아범한테는 대충 둘러댔어. 추우니까 빨리 다녀오자."

"추운 거 알면서 왜 그렇게 입고 나왔어?"

질문을 던지기도 전부터 소목은 자기 외투를 벗어 건네고 있었다. 정확히 말하자면 처음부터 나울의 외투였다. 나울은 고맙다는 말도 없이 태연스레 외투를 걸치더니 또 웃었다. 여자애들은 원래 웃음이 많다지만 이 여자애는 정말로 실없이 웃는다. 자기한테 외투를 돌려준 상대가 누구든지 간에 그럴 것이다. 그러면 그 누구는 괜한 생각을 하겠지. 소목은 모르고 앞으로도 알 길 없는 인간들을 상대로, 비슷한 일이 수없이 반복될 것이다. 패거리에 속한 놈들한테 그랬던 것처럼. 썩 춥지는 않았지만 왜인지 기분이 나빠졌다.

"어제는 싫다더니."

나울이 바짝 붙으며 물었다.

"아무래도 괜찮을 것 같아서."

소목은 퉁명스레 대꾸했다.

"왜 그런 생각이 들었는데?"

"그냥."

정류장까지는 말없이 걸었다. 사실 더
많은 말이 필요하지도 않았다. 둘은 버스에
탔고, 시외 구간에서 내린 다음, 차가 거의
오가지 않는 국도를 따라 걷다가 가드레일
너머로 빠져나갔다. 그리고 20분쯤 더 걸었다.
그러는 동안 종종 실없는 대화를 나누기도
했지만 침묵이 훨씬 길었다. 공증서에서
있었던 일을 말할까 싶었지만 그런 설명이
어디까지 필요할지는 의문이었다. 어쨌든
나울은 시험 성적을 위해 시체를 보려는
애였고, 그만큼 좋은 대학에 갈 예정이었다.
비서를 공증서에 보낼 일은 여럿 생길지도
모르겠지만 바깥자리랑은 연이 없을 것이다.

그러니까 오늘을 마지막으로 연을 끊으려는
것은 나울이 못된 애기 때문인데, 그것과
별개로, 이런 관계는 나울에게도 나쁠 게
분명하고…….

"저기구나."

나울의 목소리에 소목은 생각을 멈췄다.
노을을 등진 폐가는 어둠으로만 이루어진
덩어리 같았다. 이제 슬슬 폐가의 노인에게
건넬 인사를 고민해볼지, 들어가기 전까지는
좋은 생각만 하는 편이 나을지 판단이 안
섰다. 하여간 여기까지 왔다. 그것도 둘이서.
소목은 울타리 너머로 배낭을 휙 던진 다음
먼저 넘어갔고, 나울이 쉽게 넘어올 수 있도록
팔을 붙잡아주었다.

그렇게 나울의 발끝이 울타리를 딛고
나와 땅에 닿기 직전에, 세상의 모든 버베나
향기가 한순간 소목에게만 쏠리는 찰나가
있었다. 소목의 몸이 균형을 잃으며 휘청

뒤로 기울어졌고, 곧이어 나울의 회색 모자가
미끄러지듯 떨어지더니 가슴팍을 쳤다.
나울이 일어나 옷매무새를 정돈할 때까지
소목은 그냥 누워만 있었다. 모자를 줍기
위해 허리를 구부리는 여자애. 그 여자애의
체크무늬 교복 치마가 바람에 부푸는
커튼처럼 소목을 향해 다가오다가 훌쩍
물러나 수평을 찾았다. 말라 죽은 새팥 덩굴
꼬투리가 귓전에서 맞부딪히며 풀벌레 우는
소리를 냈다. 회색 모자와, 그 모자와 색이
똑같은 능직 외투와, 무릎 바로 밑에서 끊기는
검은색 양말.

　　보조개를 그리는 무릎 골짜기를 보니
결심이 다 무슨 소용인가 싶을 지경이었지만,
어쨌거나 정신을 차릴 때였다. 손을 뻗어
배낭 팔걸이를 붙잡은 소목은 윗몸을 일으켜
앉았다. 주머니에서 작은 병을 꺼내 한 모금
마시자 독하고 아린 불이 목을 지나 뱃속으로

굴러떨어졌고, 혀끝에 남은 달콤함은 고작 그을음 같았다. 나울이 혼자서 폐가 가까이로 걸어가는 걸 보자 한 모금 더 마시고 싶어졌다. 소목은 마셨다. 이제 한 모금밖에 남지 않아서, 그것까지 마저 해치우기로 했다. 그러는 사이 나울이 돌아와 무언가를 휙 던졌다.

"잃어버린 게 이거지?"

어젯밤에 나무를 오르느라 벗어두었던 외투였다. 소목은 고개를 끄덕였지만 바로 입지는 않았다.

"지금은 안 입을 거야. 죽은 나무라서 무게가 조금만 실려도 부러질 수 있거든. 최대한 가벼운 게 좋아. 나무에는 나만 올라가면 돼. 2층으로 들어간 다음 내려가서 문을 열어줄게. 어쨌든 안에서는 문이 열릴 테니까. 그때 가방을 들고 들어오면 돼. 대신 할 일이 있어."

외투를 제쳐둔 소목은 병을 내려놓고 일어나 공증서에서 있었던 일을, 심부름의 내용을 차근차근 설명했다. 그리고 처음부터 필요했을 말도 하기 시작했다.

"그 사람이 살아 있으면, 앞으로도 살고 싶어 한다면 조사관들이 올 때까지는 살 수 있어야 해. 브랜디랑 사탕은 그래서 가져온 거야. 단단한 건 못 먹을 테니까. 뭐라도 먹을 걸 주고, 상황을 설명한 다음, 너도 에세이에 쓸 말이 떠오르면 바로 나올 거야. 물론 이미 죽었거나 말이 안 통하는 상태라면 별수 없이 나와야겠지. 그런 다음엔 난 너랑 앞으로 안 볼 거야. 죽었든 살았든 간에. 만약 내가 특이체질자 검사를 안 받는다 해도."

"왜?"

감정이 담기기에는 너무 짧은 한마디였고, 하늘이 한층 어두워져서인가 표정 또한 잘 보이지 않았다. 그러니까 지금 여기서 나울이

무슨 생각을 하고 있는지 상상해봤자 아무
의미도 없다. 심호흡한 소목은 입을 열었다.
마침 술기운도 적당히 돌고 있었다.

　"그건 네가 나를 사사건건 바보 취급하고
개 같은 짓만 하기 때문이야. 넌 그냥 개 같은
자식 한번 때려달라고 하면 될 걸 거짓말로
사람을 속이고, 고작 시험 성적 때문에 남의
죽음을 자기 본위로 들쑤시고 다니는 년이야.
나라고 해서 떳떳한 건 아니지만, 그리고
솔직히 나도 이 폐가에 사는 사람들한테는 큰
관심 없지만, 그거랑 별개로 난 성적 때문에
이런 짓을 하는 게 좋다고 생각하지 않아.
그런데 너랑 알고 지내면 나는 앞으로도 계속
네가 시키는 대로만 할 테고, 너도 그걸 알
거야. 아주 잘 알 거야. 난 이제 그런 짓은 안
하기로 했어. 들어갔다가 나오면 끝이야."

　나울이 말없이 눈을 깜박거렸다. 그
박자는 이상하게도 심장이 박동하는 간격과

똑같았다. 소목은 지금을 위해 마지막 한 모금을 남겨두지 않은 것을 후회했지만 세 모금을 모두 마시지 않았더라면 입을 열지 못했으리라는 것도 알았다. 할 수 있었던 일과 하지 않았던 일을 두고 마음이 갈팡질팡하는 사이, 나울의 입이 천천히 벌어졌다.

"에세이는 이미 써서 냈어. 네가 창문을 두드리기 전에 이미 다 썼다구."

"뭐, 처음부터 거짓말이었던 거야? 그러면 왜 오자고 한 건데?"

"할멈이 몸이 안 좋아. 무슨 병에 걸린 건 아니지만, 그만큼 나이가 들었으니까. 좋든 싫든 몇 년 뒤에는 무덤에서밖에 만날 수 없겠지. 그런데 난 할멈을 잊고 싶지 않아. 내가 엄마를 잊어버린 것처럼 할멈도 잊어버리게 된다면, 할멈이 나한테 아무것도 아니게 된다면 나는 슬프지 않아서 슬플 거야. 슬퍼하고 싶었다는 사실조차 잊어버리게

될 테고, 무덤에서라도 할멈을 보고 싶은
마음을 잊을 거야. 만약 절반쯤만 잊더라도
마찬가지야. 그게 무섭고 싫어서, 사람이 죽는
장면이라도 보고 싶다는 생각을 자주 했어.
혹시 시체라도 보면 도움이 되지 않을까 하는
생각도. 그런 이유로 남의 죽음을 들쑤시고
다니는 년이라고 하면 할 말 없지만, 아무튼
난 그래. 그러니까 에세이를 써야 하는데 네
생각을 했다는 것도 진짜야."

이번에는 소목이 눈을 깜박일 차례였다.

"거짓말하지 마."

"넌 내가 무슨 말을 하는지도 모르지?
아침에 외투를 두고 간 게 할멈인 줄 알지? 한
번도 생각해본 적 없지? 생각이라는 걸 아예
안 하고 살지?"

나울은 심장이 두어 번 뛸 동안 말을
멈췄고, 짧게 덧붙였다.

"바보."

그 말에 뱃속으로 굴러떨어졌던 불길이
다시 부풀며 목 끝까지 치밀었다. 심장 소리가
귓전에서 쿵쿵 울렸고 손끝에 도는 핏줄기 한
올마저 느껴졌다. 소목이 생각하기에는 아주
화가 난 것 같았다. 왜 화가 났는지는 몰랐다.
하지만 이젠 정말로 참을 수 없다는 생각이
들었고, 그래서 두 손으로 나울의 어깨를
움켜쥐고는 이렇게 으르렁거렸다. 바보
취급하지 마. 나도 안다구. 처음부터 알았어.
하지만 그렇게 말해놓고 보니 무슨 이야기를
더 해야 할지 알 수 없어서, 소목은 생각을
멈췄다. 그러자 몸이 제멋대로 움직이기
시작했다. 손에서 잠시 힘이 풀리더니
팔꿈치가 나울의 목덜미 전체를 감싸안았다.
입을 맞추고 혀를 밀어 넣었다. 처음이었지만
영화에서 많이 보았거니와 꿈에서도 무수히
반복된 일이었으므로 결코 낯설지 않았다.
　　지금 여기서 이래도 괜찮을까 하는

생각이 얼핏 들었지만 고민은 짧았다. 나울의 눈이 처음으로 휘둥그레지는 것을 보니 한 방 먹였다는 생각에 기분이 좋았고, 그 눈이 휘어지며 우아한 곡선을 그리자 다른 의미로 기분이 좋아졌다. 발뒤꿈치가 살짝 들려 올라가는 듯하더니 지금껏 한 번도 잊지 못한 찰나들이 또 다른 영원으로 변하려 했다. 형과 가족들, 솔을 걷고 얼룩덜룩한 목덜미를 보여주던 여자애, 오직 스크린에서만 빛나던 배우, 여관에서 죽은 여자와 그 여자의 딸, 한여름의 소문, 이 도시의 지방법원장과 그의 아들들, 왜인지 모를 이유로 은둔을 택한 두 사람, 괴담이 자랄지도 모르는 폐가, 이상하거나 혼란스럽거나 끔찍하거나 셋 다인 일들, 비슷한 꿈들, 버베나 향기, 그리고 지금 이 순간만큼은 달아나지 않으며 흩어지지도 않는 살과 뼈.

늦어도 15분 뒤에는 폐가에 들어가 있을

것이며 그때가 되면 별수 없이 죽음과 삶의
거리를 나눠야겠지만, 또한 어떤 장면은 크게
벌린 검은 입보다 뚜렷한 기억으로 남겠지만,
지금은 생각하고 싶지 않았다. 소년은
이미 지나쳤거나 자신을 기다리는 모든
비명을 외면한 채 지금에 몰두했다. 그리고
파도치는 기억에 휩쓸리는 한, 가끔이라도
이러지 않는다면 살아갈 수 없으리라는 것을
알았다. 그것은 영원을 만드는 작업이자
생의 일부였다─소년의 생이 비로소 지나간
세 해를 되찾았다. 그는 자신의 몸이 훌쩍
커졌음을, 지금 당장은 아닐지라도 곧 그렇게
될 것임을 알았다.

작가의 말

데이비드 로웬덜의 책 제목처럼, 과거는
낯선 나라입니다. 거시적으로 말해 역사에
대한 재해석(혹은 역사의 구축)은 현재를
덧입고, 미시적으로 말하더라도 각 개인의
기억은 현재에 의해 각색되고 선택됩니다.
이렇게, 지금 시간 속에 사라지고 부활하고
재구축되는 과거들은 또다시 현재를 만드는
요인이 됩니다. 더 나아가 개인의 기억과
기록된 역사는 어떤 식으로든 서로에게
영향을 줍니다. 또한 기억과 역사는 시간
개념과도 불가분의 관계입니다…… 작중의

세계는 이런 역학을 조금 더 뚜렷한 형태로 밀어붙인 결과물입니다. 그 점에서 이 글은 죽음에 얽힌 미스터리를 주축으로 둔 미스터리 소설일 수도 있었고, 과거의 과거성·현재성을(또한 소외와 배제를) 사변적으로 파헤치는 관념소설일 수도 있었습니다. 하지만 결국에는 그 사이 어딘가에 존재하는 성장소설이 되었는데, 그건 아마도 개인적 경험이 투사된 결과가 아닌가 합니다.

예전에 쓴 청소년 소설인 《다이브》에는 과거의 사건으로 인해 괴로워하는 사람들을 향해 "왜 슬퍼해? 기억해서 좋을 것도 없고 이미 지나간 일인데 잊어버리는 게 이득 아닌가?"라고 말하다가 주변인에게 핀잔을 듣는 소년이 나옵니다. 그건 제 목소리입니다. 성장기라는 단어 앞에서는, 어른들이 제게

'인간관계는 대차대조표가 아니며, 감정은 없애기로 마음먹는다고 해서 곧바로 사라지는 것도 아니다'를 알려주려 애쓰던 시간들이 떠오릅니다. 한편 이론가들을 통해 답을 얻으려 노력하던 것, 오랜 시간을 할애해 실천적인 노력을 기울이던 것도 기억납니다. 그 밖에도 기억에 대해서는 인상 깊은 경험이 많습니다.

그래서 저는 기억에 대해 많이 생각하고, 미시적인 차원에서 그 주제를 다룰 때면 성장을, 더 나아가 초극과 종합을 말하게 됩니다. 그 종합이란 상실과 고통을 지나간 시간 속에 남겨두는 대신 현재와의 대화를 통해, 또한 주체적인 결단을 통해 재구성하는 작업이라고 생각합니다. 따라서 이 소설은 한 개인의 총체성을 구성하는 토대 중 하나를 언어의 세계로 끌어오려는 노력의 과정이기도 합니다(물론 풋풋한 연애담이기도 합니다).

감사합니다.

2024년 가을

단요

위픽은 위즈덤하우스의 단편소설 시리즈입니다.
'단 한 편의 이야기'를 깊게 호흡하는
특별한 경험을 선사합니다.

이 작은 조각이 당신의 세계를 넓혀줄
새로운 한 조각이 되기를.
작은 조각 하나하나가 모여
당신의 이야기가 되기를.

당신의 가슴에 깊이 새겨질
한 조각의 문학, 위픽

위픽 뉴스레터 구독하기
인스타그램 @wefic_book

- 69

담장 너머 버베나

초판 1쇄 인쇄 2024년 10월 28일
초판 1쇄 발행 2024년 11월 13일

지은이 단요
펴낸이 최순영

출판2본부장 박태근
스토리 팀장 김소연
편집 곽선희 김다인 김해지
디자인 이세호

펴낸곳 ㈜위즈덤하우스 **출판등록** 2000년 5월 23일 제13-1071호
주소 서울특별시 마포구 양화로 19 합정오피스빌딩 17층
전화 02) 2179-5600 **홈페이지** www.wisdomhouse.co.kr

ⓒ 단요, 2024

ISBN 979-11-7171-720-0 04810
          979-11-6812-700-5 (세트)

값 13,000원